U0112570

后浪

潮骚

[日] 三岛由纪夫 著

郑民钦 译

漓江出版社

·桂林·

图书在版编目（CIP）数据

潮骚/（日）三岛由纪夫著；郑民钦译. -- 桂林：
漓江出版社, 2021.12
ISBN 978-7-5407-9138-4

Ⅰ.①潮… Ⅱ.①三… ②郑… Ⅲ.①长篇小说—日
本—现代 Ⅳ.①I313.45

中国版本图书馆 CIP 数据核字 (2021) 第 158800 号

潮骚
CHAOSAO

作　者	［日］三岛由纪夫	译　者	郑民钦
出 版 人	刘迪才	出版统筹	吴兴元
编辑统筹	周　茜	责任编辑	林培秋
特约编辑	许明珠　袁艺舒	装帧设计	墨白空间·陈威伸
责任监印	黄菲菲		

出版发行　漓江出版社有限公司　　　　社　址　广西桂林市南环路 22 号
邮　编　541002　　　　　　　　　　发行电话　010-65699511 0773-2583322
传　真　010-85891290 0773-2582200　邮购热线　0773-2582200
电子信箱　ljcbs@163.com　　　　　　微信公众号　lijiangpress

印　制　嘉业印刷(天津)有限公司　　开　本　889 mm×1194 mm 1/32
印　张　7.25　　　　　　　　　　　字　数　107 千字
版　次　2021 年 12 月第 1 版　　　　印　次　2021 年 12 月第 1 次印刷
书　号　ISBN 978-7-5407-9138-4　　定　价　55.00 元

第一章

歌岛[1]是一座方圆不到一里[2]的小岛，人口一千四百人。

歌岛有两处景致最为优美，宜于眺望。其中一处是建在接近岛屿最高点、面向西北的八代神社。

从这里眺望，位于伊势湾口的岛屿周边的伊势海可以尽收眼底。北面的知多半岛近在眼前，渥美半岛由东向北逶迤延伸，西面的宇治山田到津[3]的四日市的海岸线

1. 歌岛，现在被称为"神岛"，是三岛由纪夫小说《潮骚》的舞台。位于三重县鸟羽港东北面十四公里处的伊势湾口离岛，周长三点九公里，面积零点六七平方公里。岛上有一座八代神社，保存有从古坟时代至室町时代的铜镜、陶瓷器等几百件文物。神社下有两百多级石阶，须攀登而上。神岛古称歌岛、龟岛、瓮岛。明治时期建有神岛灯塔。现在人口约五百人，以渔业、旅游业为主。

2. 里，日本的长度单位，约为三点九公里。

3. 津，即津市，三重县中部的港口城市。三重县的县厅所在地。

隐约可见。

两百级石阶拾级而上，顶层有一座鸟居[1]，一对石狮分别镇守两边。从这里回头望去，远处映入眼帘的仿佛是古代的伊势海。原先这里有一株枝叶茂密交错、状似鸟居的"鸟居松"，在人们眺望时自然而然地形成别有情趣的"画框"，但在数年前已经枯死。

松叶还很嫩绿，岸边的海面已经被春天的海藻染成丹红。西北的季风从津的海口不断地吹过来，在这里观景，寒气袭人。

八代神社供奉着绵津见神[2]。这种对海神的信仰是渔民们在生活中自然而然产生的，他们祈求出海平安，若是遭遇海难后获救，回来后的第一件事就是到这座神社奉纳香资。

八代神社有六十六枚铜镜珍宝，既有八世纪的葡萄镜，也有日本仅存的十五六枚中国六朝时代的铜镜仿品。

---

1. 鸟居，日本神社的建筑之一，大多由两根支柱与一至两根横梁构成，建在入口处，形状似我国的牌坊。
2. 绵津见神，根据《古事记》记载，是伊邪那岐和伊邪那美产下的海神。

这些铜镜背面雕刻的鹿、松鼠，在久远的古代，从波斯的森林经过迢遥的陆路、漫长的重洋，绕过半个世界，最后终于落居在这座岛屿。

另外一个观景的好去处就是靠近岛上东山山顶的灯塔。

灯塔耸立的山崖下面，伊良湖海峡的海流涛声不断。这是一条连接伊势海和太平洋两个海域的狭窄海峡，起风的日子，会有漩涡翻腾。隔着水道，渥美半岛的海角突兀于眼前，在这个多石荒凉的岸边，耸立着伊良湖岬的一座无人的小灯塔。

从歌岛灯塔上，可以望见东南面的太平洋，在西风强劲的拂晓时，还可以望见隔着东北面渥美湾的群山后面的富士山。

从名古屋、四日市出入港的轮船，在湾内至外海上星罗棋布的无数渔船之间穿梭着通过伊良湖海峡的时候，灯塔看守人用望远镜观望，很快就识别出船名。

三井航运的一千九百吨货轮十胜丸进入望远镜的视野，两个身着蓝色工作服的船员一边踏步一边谈话。

一会儿，英国塔里斯曼号轮船入港。能清晰地看见一个船员在上甲板上玩套圈游戏的小身影。

灯塔看守人坐在值班小屋的桌子前，将船名、信号、符号、通过时间和方向一丝不苟地记录在船舶往来报表上，然后通过电报发出去。这样，港口上的货主就能迅速及时地做好接船的准备。

到了下午，西斜的太阳被东山遮挡，灯塔周边逐渐昏暗下来。老鹰在明亮的大海上空翱翔。雄鹰最大限度地拍打双翅，看似俯冲，却突然在空中盘旋，然后张开双翼，乘风扶摇，搏击长空。

日暮时分，一个年轻的渔民，手里提着一条大牙鲆，从村里出来，沿着山路步履匆匆地向灯塔走去。

他前年刚从新制中学[1]毕业，今年才十八岁。他个头儿很高，体格魁梧，只是容貌的稚气还表明他属于这个年龄层。他的肌肤被太阳晒成古铜色，具有这座岛上的

<hr>

1. 新制中学，即新制初中。根据昭和二十二年（1947）的《学校教育法》，在小学毕业后继续实施三年的义务教育，从而完成九年义务教育。

人所特有的挺直端正的鼻子和裂痕般的嘴唇。乌黑的大眼珠清澈晶莹，但这是大海赐予海上人的礼物，并非理智睿智的体现。他在学校的成绩实在糟糕。

今天，他结束了一天的捕鱼作业，身上穿着已故父亲遗留给他的裤子和粗布夹克衫工作服。

年轻人穿过小学校园，走上水车旁边的山坡，登上石阶，来到八代神社的后面。神社的院子里还能隐约看见在暮色笼罩下显得发白的桃花。从这里不用十分钟就能登上灯塔。

这山路崎岖不平，走不习惯的人在大白天都会被绊倒，但是这个年轻人就算闭着眼睛，他的脚也能分辨出松根和岩石。像今天这样，他一边思考问题一边行走，也绝不会绊倒。

刚才，在夕阳尚有余晖的时刻，他的作业船太平丸回到歌岛港。他的那艘船，除了船主和他，还有一个年轻人，三人每天驾驶这艘小船出海捕鱼。回港以后，把捕获的鱼转移到合作社的渔船上，再把渔船拖到岸上。年轻人手里提着牙鲆准备去灯塔长家里。去之前，他想先回家一趟，便沿着海滩走来。这个时候，还能听见渔民们把渔船拖到岸上的吆喝声，喧闹嘈杂。

一个陌生的少女将一种称为"算盘"的结实木框立在沙子上，正靠在"算盘"上休息。这种木框是一种工具，当卷扬机将船只拖上岸时，可以把它垫在船底，一点一点擦着沙子拖上来。少女大概是刚刚干完活，靠在上面歇息一会儿。

她额头上汗水津津，脸颊红彤彤的。虽然寒冷的西风相当强劲，但是她干活时那红扑扑的脸色还没有消失，一头秀发在风中飘动，看上去很舒心的样子。她穿着无袖棉坎肩和工作裙裤，手上戴着脏兮兮的劳动线手套，有着和其他妇女同样的健康肤色，但是眉清目秀。少女一直凝视着西面大海的天空，在黑压压的积雨云浓厚堆积的缝隙中，沉淀着夕阳的一点残红。

年轻人没见过这个人。按理说，歌岛上没有他不认识的人。外来人他一眼就能分辨出来。可是少女的装束打扮完全和本地人一样，只是她独自如此专注地眺望大海的神情，与岛上开朗的女性不尽相同。

年轻人特地走到少女的前面，站在她跟前，像好奇的小孩子那样正面看着她。少女微蹙眉头，也不瞧他一眼，依然专心致志地望着海面。

平时不爱说话的年轻人打量过少女后，迅速无言地离去。这时，他朦朦胧胧地感觉到一种充满好奇心的幸福，后来他在登上通往灯塔的山路时才感觉到这种没有礼貌地当面打量一个姑娘的举动多么令人羞耻，令人脸红。

年轻人从松林间俯视着眼前涛声轰鸣的大海。月亮尚未出来，海面漆黑一片。

拐过传说会迎面碰见一个大高个儿女妖突然站在你面前的所谓"女人坂"，便可以看见灯塔高处明亮的窗户。这个亮光深深地刺激了年轻人的眼睛。因为村里的发电机发生故障好长时间了，只能借着煤油灯照明。

年轻人之所以经常给灯塔长送鱼，是为了向灯塔长表示感恩。年轻人在新制中学临近毕业的时候，考试不及格，只好延期一年毕业。他的母亲经常去灯塔附近捡松叶拿回家做引柴，就认识了灯塔长的太太，对她诉苦说儿子要延期毕业，现在生计难以为继。太太把这话告诉了灯塔长，灯塔长和校长关系密切，经他求情，年轻人得以按时毕业。

出了学校，年轻人便出海打鱼，时不时给灯塔长送去一些鲜鱼，还帮他们买东西什么的，所以灯塔长两口子都很喜欢他。

通往灯塔的混凝土台阶的一边，紧靠着一块小旱地，是灯塔长的官舍。厨房的玻璃窗上映照出灯塔长太太干活的身影，似乎正在准备晚饭。年轻人在外面喊一声，太太立即开了门。

"哎呀，是新治。"

年轻人也不说话，把牙鲆鱼递给她。太太接过去，大声对外间说道："孩子她爹，久保送鱼来了。"

外间屋子传来灯塔长朴实的声音："你总是送东西来，谢谢了。进来吧，新治君。"

年轻人站在厨房门口，显得不知如何是好。牙鲆鱼已经放在白搪瓷大盘里，从微微喘息的鱼鳃流出来的血渗进光滑的白色鱼身里。

第二章

第二天早晨，新治照旧随着船主一起出海。微阴的天空，映白了黎明时分的海面。

大约需要一个小时才能到达渔场。新治的夹克上，套着长及膝盖的黑胶围裙，脚上是过膝的长筒胶鞋，手上是胶皮长手套。他站在船头，望着前方灰色晨空下的太平洋，回想着昨晚从灯塔回家到睡前这一段时间里发生的事情。

……吊着昏暗小油灯的小灶间屋里，母亲和弟弟正等着新治回家。弟弟十二岁。父亲在战争的最后一年被机枪射死，此后的几年里，母亲就靠着做"海女"[1]的收

1. 海女，潜海女，以潜海捕捞贝类、海藻等为职业的女性。

入把新治和弟弟一手拉扯大，直至新治工作。

"灯塔长很高兴吧？"

"嗯。一直说进屋里来，进屋里来，还请我喝可可。"

"可可是什么？"

"就是西洋的一种东西，红小豆汤的样子。"

母亲不会做菜，海里捕捞的鲜鱼，要不切成生鱼片，要不用醋凉拌，或者整条烤一烤，或者直接煮熟，就会这几样。盘子里盛放的就是新治刚捕捞上来的绿鳍鱼，整条煮熟了。而且洗得也不干净，吃鱼的时候，经常咬到沙子。

吃饭的时候，新治期待从母亲嘴里听到那个陌生姑娘的一些事情。但是，母亲这个人，从来不怨天尤人，也从来不在人后议论别人。

吃过饭，新治带着弟弟去公共澡堂。他想在澡堂里听到这方面的一些消息。时间已经很晚，澡堂没什么人，洗澡水也很脏了，渔业合作社社长和邮局局长正在泡澡，高声议论政治问题，他们粗哑的嗓音在天花板上回响。兄弟俩对他们注目致礼后，泡在浴池的角落里。再怎么竖起耳朵仔细倾听，政治问题也不可能转移到少女的话题上去。弟弟很快洗完离开浴池，新治也只好一起出去。问弟弟怎么回事，原来弟弟阿宏今天在学校里玩刀枪游戏的时候，手里的刀扔到渔业合作社社长的儿子的脑袋上，把他弄哭了。

平时新治都是倒头便睡，但是那天晚上，怎么也睡不着，这可真是前所未有的怪事。年轻人从未得过病，觉得自己生病了，有点害怕。

……这种莫名其妙的不安心理一直持续到今天早晨。然而现在，当他站在船头，望着无边无际的大海，平时体力劳动的那种熟悉的蓬勃的活力便从心底涌动着洋溢出来，不知不觉地心情平静下来。小船在发动机的震动声中微微颤抖，凛冽的晨风扑打在年轻人的脸颊上。

右边悬崖高处的灯塔已经熄灭。早春时节，山上的树木呈现出褐色，而伊良湖海峡飞溅的浪花在晨空的阴沉中泛着鲜明的白色。船主熟练地操纵着船，太平丸轻巧地穿过涡潮。要是大船走这条海峡，就必须从浪花涌动的两个暗礁之间的细窄航道通过。航道水深在八十到一百寻¹之间，但下面有暗礁的话，水深不超过十三到二十寻。从航道标志的浮标往太平洋方向，水下还放置了无数捕章鱼用的短蛸罐。

歌岛的捕鱼量有八成是章鱼。捕章鱼汛期从十一月开始，到春分的捕乌贼汛期之前结束。伊势海水温寒冷，章鱼游往太平洋深处避寒。短蛸罐等待着这最后一批章鱼，捕完后，捕章鱼汛期就过去了。

在岛屿的太平洋一侧的浅海，经验丰富的老渔民对其海底的地形非常熟悉，就像对自家庭院般了如指掌。

他们常说："海底黑，暗中摸。"

他们先依靠指南针定位，对远处海角的群山进行比较，通过大小高低的比差弄清船只所在的位置。知道了位置，也就知道了海底的地形。挂着一百多个短蛸罐的缆绳有好几条，排成几列很有规则地沉在海底，拴在缆绳各处的浮标在波动的海水中上下摇晃。既是船主又是师傅的老练的"渔捞长"掌握着捕捞的技术。新治和另

---

1. 寻，日本常用长度单位，一般指成人两臂向体侧平伸后左右手指尖间的长度，也可表示水深。一寻约为一点八米。

一个年轻人龙二干的则是适合他们体力的力气活。

渔捞长大山十吉有着一张像是经常被海风鞣制的皮革一般的脸膛，连皱纹深处都晒得黝黑。手上渗进污脏的皱纹与干活时留下的旧伤痕都难以分辨。他这个人难得一笑，总是平静稳重，在指挥捕鱼作业的时候会大声喊叫，但他生气的时候却从不会大喊大叫。

打鱼的时候，十吉基本上不离开舳橹的地方，单手调节发动机。到了洋面，就能看到很多渔船集中在这里，大家互致问候。然后，十吉调低发动机的马力，朝着自己的渔场开去，并示意新治把传送带挂在发动机上，再绕在船舷的辊轴上。当渔船沿着挂着短蛸罐的缆绳徐徐前行时，这个辊轴带动船舷外的滑轮，两个年轻人轮流将缆绳通过滑轮拉上来。手必须不停地捯，否则缆绳会顺着滑轮滑下去。要把被海水浸泡变得沉重的缆绳从海里拉上来，必须借助人力。

海平线上的云层笼罩着淡薄的阳光。有两三只鱼鹰在水面上伸长脖子游来游去。向歌岛看去，朝南的悬崖被栖息的鱼鹰的粪便染成一片白色。

海风格外寒冷。在缆绳通过滑轮卷上来的同时，新治望着湛蓝的海水，仿佛感受到从中涌动上来的能让自己流汗干活的活力。滑轮开始转动，湿漉漉的沉重的缆绳从海水里拖了上来。新治的双手隔着胶皮手套紧握着冰冷坚硬的绳子。当捯上来的缆绳通过滑轮时，溅出冰雨般的飞沫。

接着，短蛸罐从海水里露出赭红色的形状。龙二在船边做好准备，如果罐子里面没有章鱼，就眼疾手快地将罐里的水倒出来，不让空罐接触滑轮，再顺着缆绳沉入海里。

新治叉开双脚，一只脚踩在船头，不停地从海里把长长的绳子捯上来，仿佛在与大海中的某种东西进行拔河。新治胜利了。但是大海也没有失败。新治拉上来的短蛸罐一个接一个都是空罐子，像是在嘲笑他。

缆绳上间隔七至十米的短蛸罐已经有二十多个都是空的了。新治还在继续捯。龙二还在倒水。十吉不动声色，手放在橹上，一声不吭，注视着两个年轻人干活。

新治的背上开始渗出汗珠。晨风吹拂的额头上也有汗珠闪烁。他感觉脸颊开始发热。太阳终于穿透云层，在他的脚下投射出年轻人生机勃勃的淡淡的影子。

龙二没有把捞上来的一个短蛸罐返回海里，而是倒扣在船上。十吉停止滑轮转动，新治这才回头看着短蛸罐。龙二用木棍捅着罐子里面，里面的东西不出来；然后用木棍搅动，章鱼才极不情愿地像刚睡醒午觉的人那样，慵懒地滑了出来，趴在船板上。放在发动机室前面的网箱的盖子弹开了，这是今天的第一次收获，章鱼撞击到网箱的箱底，发出沉闷的声音。

整整一个上午，太平丸都在捕章鱼，但收获只有五条。风停了，阳光晴朗，晒在身上暖洋洋的。太平丸通过伊良湖海峡回到了伊势海。这里是禁渔区，只能偷偷进行曳绳钓。

所谓曳绳钓，就是在绳子上固定结实的钓钩，借着船的行驶，让钓钩像耙子一样在海底张开进行捕捞的方法。多条固定有钓钩的绳子平行地拴在钢缆上，钢缆水平地沉入海底。过一会儿提上来，便收获了蹦跳的四条印度牛尾鱼和三条舌鳎鱼。新治不戴手套，直接把鱼从钓钩上取下来。印度牛尾鱼翻着白肚皮，倒在染着鲜血的船板上。舌鳎鱼深陷在皱纹里的小眼睛、湿漉漉的黑色的身子映照出蔚蓝的天空。

到了吃午饭的时间。十吉在发动机室的盖子上将印度牛尾鱼切成生鱼片，然后放到三个人各自的铝制饭盒的盒盖上，浇上小瓶装的酱油。三个人各自捧着装着麦饭的饭盒，饭盒角落里放有两三片腌萝卜干。船只在清波细浪中微微荡漾。

十吉突然说道："宫田家的照大爷把女儿叫回来了。你们知道吗？"

"不知道。"

"不知道。"

两个年轻人摇摇头。十吉接着说道："这个照大爷生了四女一男。女的太多，三个出嫁，一个送给别人当养女。最小的女儿名叫初江，送给了志摩老崎的海女做养女。可是，没想到独生子松兄去年得肺病死了，照大爷又是个鳏夫，一个人很孤独，就把初江叫回来，户籍也迁回来了，打算给她招一个上门女婿。初江长得可俊了，小伙子们都想去，这可是一件大事。你们怎么样，有这个意思吗?"

新治和龙二相视而笑。两个人都已经脸红了,但因为本来就是红扑扑的脸膛,所以看不出来。

新治心里已经将这个听到的姑娘与昨天在海边亲眼所见的那个姑娘紧紧地结合在一起,但同时他也想到自己没有钱财,失去了自信。昨天在咫尺之遥目睹的姑娘,如今却好像遥不可及。宫田照吉是个有钱人,他租给山川运送租船公司两艘船,是一百八十五吨位的机帆船"歌岛丸"和九十五吨位的"春风丸"的船主。他喜欢训人,每当这个时候,那一头狮子鬃毛般的白发都会竖起来。

新治的思考很现实,而且自己才十八岁,现在考虑和女子交往为时尚早。和受到外界许多刺激的城市少年所处的环境不同,歌岛没有一间弹子房,没有一家酒馆,没有一个陪酒女。这个年轻人朴素的理想,就是将来拥有自己的机帆船,和弟弟一起,在沿海一带从事运输业。

围绕新治身边的是辽阔的大海,所以他从来没有憧憬过不切实际的、飞向海外的梦想。大海对于渔民来说,就像土地对于农民一样。大海是自己生活的场所,是田野。形态各异的白色波浪,就像翻滚的稻浪麦浪一样,在蔚蓝色的沃土上不停荡漾。

……可是，那一天作业即将结束的时候，一艘白色货轮从海平线上的暮云前面驶过，船影给予这个年轻人一种不可思议的感动。世界远比自己先前所认识的要辽阔宽广，这个感觉从那遥远的地方向他逼近袭来。这个未知世界的象征，如隆隆的雷声由远而近，又逐渐消失。

船头的甲板上，一只小海星已经干瘪。坐在船头的年轻人不再遥望远处的暮云，轻轻摇晃着用厚实的白毛巾缠着额头的脑袋。

第三章

这天晚上，新治去参加青年会的例会。这种年轻人的合宿[1]制度以前被称为"寝屋"，现在改称为"青年会"，至今大多数成员还是不喜欢住在自己家里，而是喜欢集体吃住在这个海边萧瑟冷清的小屋子里。在这里，大家热烈讨论教育、卫生、沉船打捞、海难救助，以及自古以来年轻人就喜欢的狮子舞、盂兰盆舞等活动的话题。身在此处，就能感受到走进了公共生活，体验到一个成年男人肩负重任的爽快感觉。

　　挡雨板被海风吹得咯咯作响，摇晃的煤油灯的火焰忽明忽暗。暗夜里的大海就在门外，海潮的轰鸣，对着

---

1. 合宿，多人在一定时间内集体吃睡在一起。

被油灯火焰照亮的年轻人开朗的脸膛，不断地倾诉着大自然的不安和力量。

新治进去的时候，只见一个年轻人趴在煤油灯下，让他的朋友用有点生锈的推子给他理发。新治微笑着抱膝坐在墙边。他总是这样默默地倾听大家的发言。

年轻人开始夸耀今天出海打鱼的收获，大声谈笑，还相互无所顾忌地说对方的坏话。喜欢读书的，则带来过期的杂志专心阅读。也有的人同样热心地沉迷于漫画书里。他们关节粗壮凸起的大手摁在书上，显得与年龄不相符合。有时不能立即理解漫画的幽默，琢磨了两三分钟后才笑起来。

新治在这里也听到了有关那位少女的传闻。一个牙齿参差不齐的少年张着大嘴笑了一通，说道："要说这个初江啊……"

新治只听到只言片语，其他的话都淹没在大家嘈杂的说话声和笑声里，听不见了。

新治是一个没心眼儿的朴实少年，可就是这个名字成了大问题，让他患上了心病，难以治愈。只要一听到这个名字，他就脸颊发烫，心跳加速。虽然还是这样一动不动地坐着，但竟然产生一种只有经过剧烈劳动后才会有的变化，令他感到害怕。他把手掌贴在自己的脸颊上，感觉这火辣辣的脸颊好像不是自己的。一种自己未曾有过的弄不明白的东西的存在伤害了他的骄傲，愤怒让他的脸颊变得更加绯红。

大家都在等待会长川本安夫的到来。他才十九岁，生于本村的名门，具有一种把人们吸引到自己身边的魅力。别看他这么年轻，已经知道讲究派头，每次聚会必定姗姗来迟。

门砰然打开，安夫走进来。他身体肥胖，一张红脸，不逊色于酒鬼父亲的酡颜。虽然还不至于令人厌恶，但那两道单薄的眉毛显出了他性格的狡黠。他操着一口漂亮的标准语说道："来晚了，不好意思。现在就商量一下下个月实施的计划吧。"

安夫在桌子前坐下来，打开笔记本。他显得好像很着急。

"这是以前就预定的安排，嗯嗯……召开敬老会，搬运修农道用的石料，还有受村委会的委托，清扫下水道，消灭鼠患。每一件事情，嗯嗯……都是在不能出海的恶劣天气里实施。只有灭鼠，随时都可以。即使在下水道以外的地方放药，警察也不会抓你。"

大家都笑了起来。

有人附和："啊哈哈哈。嗯，对。"

有人提议请校医来做有关卫生的报告，举办辩论大会等，但因为刚过完旧历正月，年轻人对操办各种节目已经厌腻，没什么人响应。然后，进入对誊写版印刷的机关杂志《孤岛》进行评论的时间，一个好读书的年轻人谈了自己的感想之后，又引用了据说是保尔·魏尔伦[1]的诗句，结果引起了大家的责难。

我不知道为什么
我那痛苦的精灵
张开惶恐而疯狂的翅膀，
在大海上飞行。[2]

---

1. 保尔·魏尔伦（1844—1896），法国象征派诗人。

2. 诗句出自保尔·魏尔伦的《我不知道为什么》。此处引用陈中林的译文。

"什么是惶恐啊？"

"惶恐就是惶恐啊。"

"不会是东张西望吧？"

"是啊，要是'东张西望的疯狂'，这就通顺了。"

"谁是魏尔伦啊？"

"是法国一个很了不起的诗人。"

"什么啊，谁知道啊？你是从什么歌谣里抄来的吧。"

每次例会，都是在这种相互责难中结束。会长安夫急急忙忙回家去了，新治觉得有点蹊跷，向一个朋友打听。

"你还不知道啊？"那个朋友说道，"宫田家的照大爷为女儿回来举办庆祝宴会，请安夫去参加。"

新治没有受到邀请，平时他总是和朋友们一起说说笑笑地回家，但今天他独自溜出来，沿着海滨，向八代神社的石阶走去。他从建在斜坡上的房屋中，发现了宫田家的灯光。灯光也是煤油灯，看不见屋里筵席的场面，但是煤油灯不稳定的光焰肯定会将少女秀丽的眉毛和修长的睫毛阴影摇曳着映照在她的脸颊上。

新治走到台阶底下，仰头望着松影斑驳的两百级白色的石阶，开始拾级而上，木屐发出单调的声音，干巴巴地回响着。神社四周不见人影。神官家也已经熄灯安寝。

年轻人一口气登到顶上，依然心平气定，宽厚的胸脯谦恭地俯身在神社前面，将十日元硬币投进香资箱里，接着，又毅然再投进十日元。在响彻庭院的拍掌声中，他虔诚地祈祷：

神啊，保佑我出海平安，捕鱼丰收，渔村繁昌吧！我虽然还是个少年，但是我总有一天要成为出色的渔民，成为一个对大海、对鱼儿、对渔船、对天气，对什么事情都十分精通，对什么事情都处置有方的优秀的渔民！保佑我的温和善良的母亲和年龄尚幼的弟弟吧！保佑母亲在当海女的时候平安无事、无灾无难吧！……还有一个不一般的祈求，请赐给我一个性情温柔的美丽新娘吧！……例如像回到宫田照吉家里的姑娘那样的……

一阵风吹来，松梢发出沙沙的响声。风吹进神社黑暗的深处，风声显得庄严肃穆，仿佛海神欣然接受了年轻人的祈愿。

新治仰望星空，深吸一口气，暗自寻思：

自己提出这样无理的要求，会不会受到神的惩罚啊。

第四章

四五天后，刮起了大风，波涛越过歌岛港的堤坝，激起高高的浪花，海面到处都是白花花的浪头。

　　虽然天气晴朗，但因为大风，全村都不能出海。于是，母亲就让新治去办一件事。母亲在山上拾取的柴火放在山上原先的陆军观察哨所里，用红布捆绑的那一堆就是，新治上午干完青年会的搬运石料的活儿以后，要顺便把那一堆自家的柴火背回来。

　　新治背着用来绑柴火的木框出门了。前往观察哨所必须经过灯塔，拐过女人坂。竟然没有一点风。灯塔长大概在午睡吧，家里寂静无声。灯塔的值班室里，能看见坐在桌子前面的灯塔员的后背，那里传来收音机的音乐声。走上灯塔后面松林的陡坡，新治开始流汗了。

山上鸦雀无声，不仅没有人影，连一只野狗也没有。歌岛信奉产土神[1]，出于对神祇的避讳，岛上别说野狗，连家犬都没有。岛上坡多地少，要搬运东西，也没有牛马这样的牲畜。要说家畜，有时候可以看见家猫从坡上房屋之间倾斜而下的石阶小路上跑下来，它们用尾巴扫拂着清晰地投射在小路上的各家屋顶形状不一的阴影。

　　年轻人登到山顶。这里是歌岛的最高处，但四周围绕着杨桐、胡颓子等灌木，还有很高的野草，视野不开阔，只能从草木之间听见海潮的喧嚣。从这里往南面下去，沿途几乎全部被灌木和野草覆盖，要到观察哨所去，必须走相当多迂回曲折的山路。

　　走不多久，从松林的沙地就能看到对面三层混凝土建筑的观察哨所。这座白色的废墟，在周围渺无人影的大自然寂静中，显得有点异样。当年士兵就是站在二楼的瞭望台上，用望远镜观察从伊良湖海岬对面的小中山射击场发射出来的试射炮的弹着点，回答室内的参谋"炮

---

1. 产土神，指祖先或自己出生地的保护神。后常与氏族神、镇守神相混。

弹落在什么地方"的询问。驻守在这里的士兵每天重复同样的工作，直至战争结束。供应的军粮不知不觉地逐渐减少，他们总以为被狐狸精偷走了。

年轻人看了看观察哨所的一楼，里面一捆捆的枯松叶堆积如山。原先这儿是用来堆放东西的，窗子很小，所以有的窗玻璃还没有损坏。借着微弱的光线，他很快找到母亲做有记号的柴火。系着红布条的柴火有好几捆，红布上用毛笔歪歪扭扭地写着她的名字"久保富"。

新治把背着的木框卸下来，将枯松叶和成捆的柴火绑在木框上。可是他觉得好久没来这里了，不想马上回去，便将木框放在一边，走上混凝土的台阶。

他听见上面有木头和石头轻轻相撞的声音。他竖起耳朵倾听。声音没有了。他以为是自己的心理作用。

再往上走，废墟的二楼，有一扇大窗户，但是既没有窗玻璃，也没有窗框，窗户围出一方寂寥的海面。瞭望台的铁栅栏也没有了。黑乎乎的墙壁上，还留着士兵们用粉笔胡写乱画的痕迹。

新治继续往上走。他从三楼的窗户看着倒塌的旗杆台座的时候，的的确确听见有人啜泣的声音。他一跃而起，脚蹬运动鞋，灵活地跑上屋顶。

她正在哭泣，没有听见脚步声，一个年轻人突然出现在自己的眼前，自然感到吃惊。然而，更加大吃一惊的是这个小伙子，他发现眼前这个穿着木屐、停止哭泣站起来的少女，竟然是初江。

这意想不到的幸福的邂逅，让年轻人简直怀疑自己的眼睛。就像两只动物在森林中突然相遇一样，两个人都怀着戒备心和好奇心，伫立不动，呆然相视。

新治终于问道："你是初江吧？"

初江不由得点了点头，脸上显示出对方竟然知道自己名字的惊诧。但是，她从全神贯注地凝视自己的那一双充满真挚的乌黑眼珠中似乎回想起了在海滩上打量她的那张年轻人的面孔。

"刚才是你在哭吗？"

"嗯，是我。"

"为什么哭呢？"

新治像警察一样盘问她。

没想到少女的回答很直爽，因为灯塔长夫人要举办一个给村里的少女们讲授礼仪的集会，初江是第一次参加这样的会，来得有点早，就想到后山看一看，结果迷了路。

这时，飞鸟的影子从他们的头顶上掠过。那是一只隼。新治认为这是吉利的征兆。于是，他刚才说话有点结结巴巴的舌头也顺畅起来，恢复了平时男人的气势，他说，自己要经过灯塔前面回家，可以送她过去。少女也不擦脸上的泪水，破颜而笑，如同雨中透出的阳光。

初江穿着黑哔叽裤，红毛衣，脚下是天鹅绒红袜子。她站在屋顶的混凝土边墙上，俯视着眼前的大海，问道："这是谁的家？"

新治倚在稍远一点儿的边墙上，回答道："这是观察哨所。在这里可以看到炮弹飞到什么地方。"

由于山的遮挡，歌岛的南面没有风。阳光照耀下的太平洋一览无余。悬崖的松林下面，耸立着被鱼鹰的粪染成白色的岩石凸角。岛周边的海面，由于海水下面生长着海藻，呈现出黑褐色。新治指着一块被怒涛拍打溅起飞浪的高大岩石，说道："那是黑岛。以前有一个名叫铃木的警察在那儿钓鱼，被海浪卷走了。"

新治感觉非常幸福。该是初江去灯塔长家的时间了。

她离开混凝土边墙，转身对新治说："我该走了。"

新治没有回答，表情略显惊讶。他看见初江的红色毛衣的前胸有一道黑色的横向条纹。

初江也意识到了，看了一眼刚才贴在混凝土边墙沾上的一条污黑的线条，便低头用手拍打胸脯。毛衣里的微微隆起，看似几乎完全掩藏在坚固的支撑物里面，却在她的胡乱的拍打下，微妙地颤动。新治看得心情激动。在她的手的拍打下，乳房像一对小动物在嬉戏。年轻人对这种具有运动弹性的柔软感到兴奋。在拍打下，那一道黑线终于消失了。

新治走在前面，从混凝土台阶上走下来的时候，初江的木屐发出清脆的响声，在废墟的四壁轻轻回荡。从二楼刚要往一楼走的时候，新治觉得身后的木屐声戛然而止。他回头一看，少女笑了起来。

"怎么啦？"

"我黑，可是你也够黑的。"

"太阳晒的。"

年轻人会心地笑起来，走下台阶。本打算一直往前走，却又返回来，刚才他忘记了母亲交办的事。

接着，在通往灯塔的路上，身背一大堆松叶柴火的新治走在少女的前头。少女问他的名字，新治这才第一次自报姓名，然后连忙补充说，让她不要把自己在这里遇见他这件事告诉别人。新治深知，村里人多嘴多舌。初江答应不告诉别人。害怕村里人搬弄是非这个最大的原因使这次平平常常的邂逅变成了两个人的秘密。

新治默默往前走，根本没考虑下一次相约见面的事情。来到能看见灯塔的地方时，年轻人告诉少女怎么走近道可以尽快到达灯塔长官舍的后门。两人分手后，新治则绕远道回家。

第五章

年轻人过去一直过着贫穷而安稳的日子，甚觉满足，但从那一天起，他受到一种思念心绪的折磨，陷入思虑的苦恼。他意识到自己没有任何一点长处可以吸引初江的心。唯一自豪的就是自己的健康，除了麻疹外，他不知道什么叫疾病，甚至具有可以绕着歌岛游五圈的游泳本领和自信不会输给任何人的臂力，但这些恐怕都不能让初江动心。

此后，新治一直没有和初江见面的机会。出海归来，他总要眺望海滩，有时也会看见她的身影，但是她忙着干活，找不到空儿和她搭话。后来再也没有见过她像以前那样靠在"算盘"上望海休息的样子。但是，在年轻人思念无望、下决心不再继续想她的时候，只要出海回来，依然会在海滩上热闹忙碌的人群中看见她的身影。

城里的少年一般都会从小说、电影里学习恋爱的方法，在歌岛却没有可以模仿的对象。所以，当新治回想和初江两人从观察哨所走到灯塔那一段宝贵的时间，自己究竟应该做什么时，完全不得要领。留给自己的只是"什么也没做"这种痛切的悔恨。

虽然不是祥月忌辰[1]，但毕竟是父亲的忌日[2]，所以一家人前去扫墓。因为新治每天要出海，便选择在出海之前扫墓。他和上学前的弟弟拿着线香和佛花，与母亲一起出了门。这个岛上，家中无人，东西也不会被盗。

墓地在村头沿着海滨的低矮山崖上，涨潮时，海水会淹没山崖的底部，坑坑洼洼的山坡上满是墓碑，有的坟墓因为沙土的松软已经倾斜。

天色尚暗，灯塔那个方向已开始微明，但面向西北方向的村落和港口还沉浸在残夜里。

新治提着灯笼走在前头；弟弟宏揉着惺忪的睡眼跟在后面，但是他拽着母亲的衣袖说道："今天的盒饭里

---

1. 祥月忌辰，指一年中与故人去世的日子相同的月日。
2. 忌日，指的是每个月中与故人去世的日子相同的这一天。

给我放四个萩饼[1]了吗？"

"你傻啊，放两个。吃三个就会拉肚子的。"

"不嘛，给我四个嘛。"

庚申日[2]、先祖忌日这样的日子，做的萩饼有枕头那么大。

坟地上晨风寒冷，被岛屿遮挡的海面一片黢黑，但远处的海面已有曙光浸染，能清楚地望见环绕伊势湾的群山。拂晓的微明中，墓碑就像密密麻麻停泊在港口的白色的风帆。这是再也不会迎风饱满鼓胀的风帆，这是为永远的休息而沉重低垂、化为石头的风帆。它们把船锚深深地扎进黑暗的地里，再也不会提起来。

来到父亲的墓前，母亲摆上花束，在风中划了好几根火柴，终于点燃了线香。她让两个儿子叩拜，自己则在儿子后面叩拜、哭泣。

---

1. 萩饼，糯米和粳米合在一起蒸熟后，捏成小团，裹上黄豆面的食物。

2. 庚申日，源于中国的庚申信仰，于室町时代传入日本。根据道教的"三尸说"，以及佛教、神道等，形成了日本民间的复合信仰。江户时代尤为盛行。

这个村落的渔民有这样一句话："女人与和尚都不许上船。"父亲死时所乘的那条船正是犯了这个大忌。事情是这样的：当时父亲受渔业合作社的委托，将一个老太婆的尸体运到答志岛验尸，坐的是合作社的船只。在距离歌岛大约三英里的地方，遇上B24舰载飞机来袭。先是投弹，然后是机关枪扫射。那一天，平时驾驶这条船的驾驶员不在，换了别人。这个人对机械不熟悉，发动机虽然停下来了，但冒出的黑烟成为敌机袭击的目标。

结果船上的管道和烟囱被炸裂，新治父亲的头部耳朵以上被打得血肉模糊。还有一个人眼睛被炸，当场死亡。一个人被子弹从背部穿到肺部，一个人的脚被打伤。还有一个人臀部的肉被削掉，出血过多，很快就死去。

甲板、船舱全是一摊摊的血泊。油罐被射中，石油流出来，浮在血流上。没有匍匐在地的人，腰部都被射伤。只有躲在船首舱的冷藏库里的四个人平安无事。有一个人从船桥的窗户逃出去，但是等他返回来的时候，那小小的圆窗怎么也钻不进来。

结果，十一人中有三个被打死。可是，盖着一张草席躺在甲板上的老太婆的尸体却没中一发子弹。

"捕捞玉筋鱼的时候，我可怕爸爸了。"新治回头看着母亲，"每天都挨打，身子都肿起来，旧的没退，新的又起来。"

捕捞玉筋鱼，要去远海的四寻泽作业，需要高难度的捕鱼技术。模仿海鸟追鱼的方法，使用绑着鸟羽毛的柔韧的竹竿垂钓，屏息凝神，瞬间完成。

"是啊，钓玉筋鱼在渔民里面也是高手干的活啊。"

弟弟宏不关心哥哥与母亲的对话，一心只惦念着十天后的修学旅行。哥哥在弟弟这么大的时候，因为家里穷，没去过修学旅行；这次哥哥把他挣的钱，积攒下来给弟弟做旅费。

扫完墓后，新治直接去了海边，准备出海。母亲回到家里，拿着盒饭，给为出海做准备的新治送去。

年轻人步履匆匆地来到太平丸的时候，听见人们在七嘴八舌地议论。

"听说川本家的安夫要当初江家的上门女婿啦。"

新治的心顿时沉入黑暗。

这一天，太平丸还是捕捞章鱼。

回港之前在船上的十一个小时里，新治几乎没有说话，闷声干活。他本来就是一个沉默寡言的人，所以即使一声不响，别人也不会注意。

渔船返港后，还是老样子，把章鱼转移到合作社的船只上，其他的鱼则通过中间商卖给叫作"买船"的个体鱼贩。过秤时，金属笼子里蹦跳的黑鲷鱼闪耀着夕阳的亮光。

十天一结账，这一天，新治和龙二跟随师傅来到合作社事务所。十天的收获量是四十贯[1]，扣去合作社的手续费、预扣百分之十的储蓄存款、损耗费，纯收入是两万七千九百九十七日元。新治按照提成，从师傅那里拿到了四千日元的现金。捕鱼旺季已过，有这些收入算是不错的了。

年轻人用粗糙的大手接过现钞，舔了舔手指头清点了，装进写有自己名字的纸袋里，然后深深地装进夹克内兜的最下面。他对师傅施礼后，离开事务所。师傅则和合作社社长围着火炉，各自夸耀着用海松木自制的烟嘴。

---

1. 贯，日本旧重量单位。一贯约为三点七五千克。

年轻人本打算直接回家，但脚却不由自主地向暮色中的海滩走去。

海滩上，最后一艘渔船正在被拖上岸。操作绞车的男人和帮着拽缆绳的男人没几个，两个女人把"算盘"木框垫在船底下，从水里往上推，但是看来不见效果，傍晚的海滩，也没见到有中学生来帮忙。新治见状，心想上去帮一把。

这时，正在推船的一个女人抬头看着这边，是初江。新治不想看这个让自己心情黯淡的少女的脸，但是他的脚却向她走去。汗水津津的额头、泛起红潮的双颊、凝视船只上岸方向的澄亮剔透的黝黑明眸，她的容颜在薄暗中光彩照人。新治的眼睛离不开她的这张脸，他默默地把手搭在缆绳上。正在操作绞车的男人对他说了声"谢谢"。新治的手臂粗壮有力，船只立即被拉到海滩上，少女拿着"算盘"急匆匆跑到船尾去。

船只拉上来后，新治头也不回地往家里走。他好几次都想回头看一眼，但还是忍住了。

打开拉门，还是和平时一样，第一眼看到的就是煤油灯的昏暗亮光下红褐色的榻榻米。弟弟趴在上面，把课本凑近煤油灯在阅读。母亲在灶台忙活。新治也不脱下胶皮长靴，就这样把上半身仰躺在榻榻米上。

母亲说道："你回来了。"

新治喜欢默默地把装有钞票的纸袋交给母亲。母亲十分通情达理，装作故意忘记今天是每十天一次结账的日子，她知道儿子想看到自己惊讶的表情。

新治把手伸进夹克内兜里。没有钱。他又伸进另一边的口袋，还掏了掏裤袋，甚至伸进裤子里面摸了摸。

肯定是掉在海滩了。他什么也没说，拔腿往外跑。

新治跑出去不久，有人上门来。母亲到门外一看，只见昏暗中站着一个少女。

"新治在家吗？"

"他刚回来，可是又出去了。"

"我在海滩上捡到的，上面写着新治的名字……"

"哎呀，太感谢你了。新治大概去找了吧。"

"那我去告诉他。"

"是吗，太谢谢你了。"

海滩一片黑暗。答志岛、菅岛的稀疏灯光映照在海面上。万籁俱寂，星光之下，一排排渔船向着大海威武地高仰着船头。

初江看见了新治的身影。刚一看见，他又走到船后面去了。新治弯着腰在寻找钱袋，所以好像没看到初江。在船只的阴影里，两人正好相遇了。年轻人茫然地站在那里。

初江把刚才的情况说了一遍，说已经把钱袋交给他母亲了，现在是来告诉他的。她还说因为不知道新治的家在哪里，向两三个人打听过，为了避免误会，每次都把钱袋给他们看。

年轻人放心地吐了一口气。他微笑时在黑暗中露出整齐洁白的牙齿。少女一路急急忙忙赶来，胸脯激烈地起伏，喘着大气。这让新治想起海面上湛蓝色的大浪的波动。今天早晨压抑在心头的苦闷担忧顿时烟消云散，勇气重新涌上了胸间。

"听说川本家的安夫要当你家的上门女婿，是真的吗？"

这个问题，年轻人憋不住一下子从嘴里蹦出来。少女一听，笑了起来，越笑越厉害，都笑呛了。新治想制止她，但是她一直在笑。新治把手放在她的肩膀上。新治并没有用力，只是轻轻地一搭，初江就一下子跌坐在沙滩上，还在笑。

"你怎么啦？怎么回事啊？"

新治蹲在她身边，摇晃着她的肩膀。

少女终于止住了笑，非常认真地正面注视着年轻人的脸，又忍俊不禁起来。

"是真的吗？"

"你真傻。瞎说的。"

"可是，外面都这么传的。"

"全是胡说八道。"

两人抱着膝盖坐在船儿的阴影里。

"噢，我难受。刚才笑过头了，这儿难受。"

少女按着胸口，她穿着褪了色的斜纹哔叽作业服，只有胸口这个位置的条纹在急剧地上卜起伏。

初江又说一遍："我这儿疼。"

"没事吧？"

新治不由自主地把手按了上去。

少女说："你这么一按，稍微舒服点。"

这回轮到新治的心脏剧烈地跳动起来。两人的脸颊贴得很近，能强烈地闻到对方身上海潮的气味，互相感受到对方身上热情的体温。一对干燥的嘴唇触碰在一起，略带咸味。新治觉得像是海藻的味道。这个瞬间过后，两个年轻人对这种有生以来第一次的体验感到害羞，赶紧分开，站了起来。

新治望着大海，表现出一副威武的样子，很男人地宣布："我明天回来以后，要给灯塔长送鱼去。"

少女也望着大海宣布："我在你之前也去灯塔长家。"

两人分手，各自从船只的两侧离去。新治打算直接回家，却发现少女没有从船只的那一侧出来，但是，她投在沙子上的身影显示她藏在船尾部分。

"你的影子已经告诉我了。"

新治这么一提醒，只见穿着粗条纹作业服的少女如野兽一样跳起来，头也不回地踩着沙滩奔跑而去。

第六章

第二天，新治出海归来，提着两尾用稻草穿过腮的五六寸长的老虎鱼向灯塔长官舍走去。走到八代神社后面的时候，想起还没有向给自己赐恩的神灵献上感谢，便转到正面，虔诚地奉献上心灵的祈愿。

　　祈祷完毕，眺望着月色清朗的伊势海，新治深吸了一口气。几朵云彩浮泛在海面，如古代的神灵。

　　年轻人感受到他四周丰饶的大自然与他自身融合出无与伦比的和谐。他深吸进来的气息，是属于大自然的一种无形的东西，感觉已经渗透进自己年轻身体的深处；他听到的潮水的喧嚣，仿佛是汹涌澎湃的海流与他体内朝气蓬勃的热血合拍的律动。新治的日常生活不需要音乐，因为大自然本身就充满音乐的要素。

　　新治把老虎鱼举到与眼睛同样的高度，对着那背鳍上长着很多刺的、丑八怪的模样吐了一下舌头。鱼是活鱼，可是一动不动。新治捅了捅鱼下颚，让其中一尾鱼在空中舞动起来。

年轻人十分珍惜这来得太快的幸福的幽会，便故意磨磨蹭蹭的。

灯塔长和夫人对新来的初江怀有好感，本以为她不爱说话、不讨人爱，下一刻她却突然嫣然一笑，妩媚动人；表面上看似呆板迟钝，其实十分机灵伶俐。初江在这里学习礼仪，每次在课程结束离开的时候，其他姑娘都没有意识，唯有初江留下来帮着太太收拾茶碗，洗茶碗，洗别的东西。

灯塔长夫妇有一个女儿，在东京上大学，只在放假的时候才回来，所以两口子把这些来学习礼仪的姑娘视为自己的女儿，关心她们的个人生活，对她们的幸福感到由衷的高兴。

灯塔长守护灯塔三十年，他的相貌有点严肃，嗓门很高，会大声怒吼那些偷偷摸摸进灯塔玩耍的村里顽童，所以孩子们都很怕他。其实这个人心地善良，孤独使他完全失去了人会有恶意的想法。对于他来说，在灯塔上，最大的享受莫过于客人的来访。人迹不到的灯塔，如果有人不顾远道来访，这样的客人绝对不会怀有恶意；而且受到自己坦诚真挚的接待的话，无论是谁，心中的恶意都会荡然消失。正如他的口头禅所说的那样："只有非恶意的善意者，才会远道而来。"

太太也是很真诚的人，以前在乡村女中当过教师，长期在灯塔上的生活使她养成了良好的读书习惯，拥有百科全书般的知识。她知道斯卡拉歌剧院在米兰，还知道东京的某个电影女演员最近扭伤了右脚。太太能说会道，灯塔长根本不是她的对手，只能甘拜下风；但是她对丈夫的伺候又很周到用心，给丈夫补袜子，每天准备晚餐等。客人来访的时候，总是太太说话，滔滔不绝。村里人对太太的能言善辩十分佩服，往往将她与自己拙嘴笨舌的老婆进行比较。当然也有人瞎操心，对灯塔长表示同情。不过，灯塔长对太太的广博知识还是非常尊敬的。

灯塔长的住所是三间的平房。家里和灯塔内部一样，都收拾得干干净净，窗明几净。柱子上挂着轮船公司制作的挂历，起居室地炉里的炭灰总是弄得很平整。客厅的角落里，女儿不在家的时候，也照样放着书桌，上面摆放着法国洋娃娃，还有闪亮的蓝色玻璃的空笔盒。住所的背后是五右卫门浴室[1]，以灯塔使用的机械油的残渣作为燃料。与脏兮兮的渔民住家不同，灯塔长家连厕所的擦手巾都洗得十分洁净，显得湛蓝清爽。

灯塔长每天的大部分时间都坐在地炉旁边，叼着黄铜烟管，抽着"新生"牌香烟。白天，灯塔是死的，只有年轻的灯塔员在值班室里填写船舶往来报表。

这一天将近傍晚的时候，虽然今天没有学习礼仪的聚会，但见初江用报纸包着海参作为伴手礼过来了。她穿着深蓝色的哗叽裙子，里面是肉色的长棉袜子，外面套着红色的短袜子。还是平时那件红毛衣。

初江一进门，太太就直爽地说道："初江，深蓝色裙子要配黑色袜子。你有吧？记得你以前穿过。"

"嗯。"

---

1. 五右卫门浴室，一种有灶浴桶。据说源于丰臣秀吉烹杀石川五右卫门的刑具。将铁制浴桶直接放在炉灶上，等浴桶的水烧热后，进入洗澡。

初江有点脸红，坐在地炉旁边。

和平时大家坐在一起听课时不同，太太说话的语调变了，先说了一些无关紧要的话。见对方是个姑娘，就先谈基本的恋爱观，问姑娘"有没有喜欢的人啊"之类的话，见到姑娘扭扭捏捏，不肯回答，有时候连灯塔长都掺和进来，为难姑娘。

今天因为将近傍晚，灯塔长夫妇一直劝初江吃完饭再走。但是初江说老父亲在家里等着自己，必须回去。然后帮着他们做晚饭。刚才灯塔长夫妇给她端来点心，她也没吃，只是满脸通红地低着脑袋，可是一到厨房，初江立刻精神振奋起来，一边切海参，一边唱起说是昨天伯母刚教给自己的、岛上流传的盂兰盆节的《伊势音头》[1]：

　　衣箱、长柜、衣物箱，

　　送给女儿做嫁妆，

　　嫁出女儿不回返。

1.《伊势音头》，江户时代伊势国流行的民谣，后流传到全国。

我说亲娘想得美，

东边阴天会刮风，

西边阴天会下雨，

哪怕装载千吨船，

遇上逆风，呵呵……也返航。

太太说道："嗨，我来这岛上三年了，还没学会这首歌。你都已经会唱了。"

初江说道："它和老崎那边的歌很相似。"

这时，昏暗的门外传来脚步声，同时传来一个声音："晚上好。"

太太从厨房探出头去："这不是新治吗？……哎哟，又送鱼来了。谢谢啊。——孩子她爹，久保给送鱼来了。"

"总让你费心，谢谢。"灯塔长依然坐在地炉旁边，"进来吧，新治……"

在这样说话的时候，新治和初江对视了一下。新治微微一笑。初江也微微一笑。这时，太太突然回头，一下子瞧见了两人的微笑。

"你们俩彼此认识啊？噢，也是，村子本来就不大。

那就更好了，新治，快进来吧。……啊，还有啊，东京的千代子来信了，还专门问新治好呢。会不会千代子喜欢上你了呢？马上就放春假了，她要回来的，到时候你过来玩。"

本来打算进屋去的新治，听到太太的这一番话，顿时泄了气。初江面对着厨房的水槽，再也没有回头。新治退回到暗处，不论太太怎么劝他进屋，他还是一直往后退，在远处给太太行了一个告辞礼，然后转身离开。

太太一边笑一边说道："孩子她爹啊，新治这个人很腼腆。"

整间房子就她一个人的笑声。灯塔长和初江都没有跟着笑。

新治在女人坂的拐角等着初江。

一拐过女人坂，灯塔周边的黄昏薄暮就变成夕阳残照的些许光亮。虽然松树的暗影重重叠叠，但眼前的海面依然荡漾着残阳的余晖。今天是第一场春风，一整天在海面上回荡，即使到了傍晚以后依然没有砭人肌骨的感觉。一拐过女人坂，没有一丝风，只有从云间流泻下来的沉静的暮光。

海面上延伸着一段海岬，紧逼歌岛港，海岬的尽头断断续续地耸立着几块岩石，劈波斩浪。海岬一带尤其明亮。山顶上有一株挺拔的红松沐浴着耀眼的余晖，清晰地映照在年轻人目光犀利的眼帘里。这时，红松的明亮突然暗淡下来。抬头一看，头顶的云层已经变黑，星星已经在东山那头闪烁眨眼。

新治把耳朵贴在岩石上，听到细碎的脚步声从灯塔长官舍的正门石阶走下来，踩着石板道过来了。他想和初江开个玩笑，躲在石头后面吓她一跳。但是，随着那可爱的脚步声越来越近，他又觉得不该这样让她害怕，反过来应该让她知道自己在这里等着她，于是吹起口哨，所吹的正是刚才初江所唱的《伊势音头》中的一节：

东边阴天会刮风，
西边阴天会下雨，
哪怕装载千吨船……

初江拐过女人坂走来，她不知道新治会在这里等着

64

自己，所以没有停下来，直走了过去。新治在后面追着她。

"喂！喂！"

但是，少女仍然没有回头。年轻人只好默默地跟在她的后面。

松林中的山路漆黑难走，少女掏出小手电筒，借着电筒的亮光行走，步子慢了下来，新治不觉走在了她的前头。随着一声轻轻的叫喊，手电筒的亮光像腾飞的鸟儿，从树干猛然照到树梢。新治立刻机敏地回过身来，十分及时地猛然抱住正要摔倒的少女。

虽说这样做是由于事发突然，但是新治想到刚才躲藏起来惊吓她的打算、吹口哨这些行为显示出看似不良的自我形象，还是感到羞愧。他把初江扶起来，没有像昨天那样和她亲昵，而是像兄长一样掸掉她身上的泥土。沙地的泥土已经半干，所以一掸就掉了。幸好初江没有摔伤。少女像小孩子一样，一直把手搭在年轻人壮实的肩膀上。

初江寻找掉落的手电筒，它在他们身后的地面上放射出扇形的淡淡的亮光。亮光照出一层铺叠的松叶，岛上的沉沉黑暗围裹着这一小点微光。

少女爽朗地笑起来："原来在这儿啊。我摔倒的时候，掉到我后头去了。"

新治一本正经地问道："你干吗生气啊？"

"就是那个千代子呗。"

"你傻不傻！"

"真的没事吗？"

"什么事都没有。"

两人并肩往前走，新治拿着手电筒，像引路人一样告诉她哪里的路不好走。因为没有别的话题，平时不爱说话的新治开始吞吞吐吐地谈起自己的一些想法。

"我想通过自己的劳动，攒钱买一艘机帆船，和弟弟两个人在外面跑长途运输，像纪州的木材、九州的煤炭什么的，这样可以让母亲安度晚年。而将来等我老了，也回到岛上来。不论我去什么地方航海，都不会忘记歌岛，歌岛的景色是日本最美的（所有的歌岛人都相信这一点）。同时，我们打算齐心合力让我们岛上的生活比任何地方都充满和平，更加幸福。不然的话，谁也不会想起这个岛屿。不论到哪个时代，那些坏习惯，都要消灭，不能让它们进入岛上来。大海，给我们这个岛送来的只能是好的东西，留在这个岛的只能是完全好的东西。这样，我们这个岛上，一个小偷也没有。无论什么时候，都生活着真诚的，具有辛勤劳动的毅力、坦诚的爱，勇敢，毫不懦弱的男子汉般的人。"

当然，新治的这一番话并不是思路清晰、条理分明，而是顺序颠倒、断断续续地说出来的。年轻人少有地发表了这么长的讲话，基本上把自己的想法都告诉了少女。初江没有回答，但是对他的话一一点头表示赞同。她对新治的话没有感觉无聊，她的表情洋溢着坦诚率真的共鸣和信赖，这让新治倍感兴奋。这次非常认真的谈话，年轻人认为是诚实的表白。他的话也就是他对海神祈祷的那些心愿，他省略了最后一条，没有告诉初江，因为怕初江觉得自己不正经。两人之间已经没有任何障碍，虽然路上有树木暗影的深深覆盖，但是这回新治没有握住初江的手，更没有想和她接吻。昨天傍晚在海滩上的行为，似乎感觉不是他们自发的意志，而是在外力作用下发生的偶发事情。为什么会做出那样的举动呢？想起来实在不可思议。他们最后好不容易约定下一次的休渔日下午在观察哨所见面。

走过八代神社后面的时候，首先是初江轻轻叹息一声，停住脚步。接着新治也停了下来。

村落已是掌灯时刻。仿佛是无声的华丽节日的开端，所有的窗户都开始闪耀着与煤油灯全然不同的明亮而耀眼的光芒。犹如整个村庄从暗夜中复苏浮现出来，因为久未修好的发电机终于排除了故障。

两人在进村之前，分手走不同的道路。初江独自走下室外灯光映照下的石阶。

第七章

这一天，新治的弟弟宏要出发参加修学旅行，六天五夜，在京阪地方周游一圈。这些少年还没有出过岛，这次有机会开阔眼界，亲眼看一看外面的世界。过去，这里的小学生去内地修学旅行，第一次看见圆太郎马车[1]时，都瞪圆了眼睛，大叫道："哎哟，大狗拉着茅坑跑啊！"

岛上的孩子们通过课本上的图画和文字说明认识世界，在认识实物之前，首先接触的是概念。不过，仅仅依靠想象描绘电车、高楼大厦、电影院、地铁等，那是

---

1. 圆太郎马车，明治十年左右，在京滨地区开始出现的公共马车，是一种在固定线路上运营的收费公共马车。因落语家（单口相声）橘家圆太郎在舞台上表演公共马车的马车夫，而被人们俗称为"圆太郎马车"。

多么困难啊。然而，一旦接触到实物，新鲜的惊奇感觉过后，原先的概念显然变得无用。接下来在岛上读书的这漫长的一年时间里，他们怎么也不会再想起城市马路上车水马龙的电车的样子了。

一到修学旅行的时候，八代神社的护身符就卖得很快。母亲们把孩子送到自己根本没去过的大城市，都有着一种不惜牺牲的冒险心情。其实，她们天天与大海为伴，自己的身边就日夜潜伏着死亡和危险。

母亲给宏做了盒饭，狠狠心煎了两个鸡蛋，做得很咸。还在书包里塞了点牛奶糖和水果，藏得很深，不是那么轻易就能找到的。

只有那一天，轮渡神风丸下午一点从歌岛开船。这艘蒸汽小船的载重量不到二十吨，老练的船长对这种破例的做法大为不满，但因为自己的孩子也参加修学旅行，且他知道如果太早抵达鸟羽港，要等候合适的火车，这一段时间需要花钱，所以才勉强接受学校的建议。

神风丸的船舱和甲板上，挤满了把水壶和书包交叉挂在胸前的学生。带队的老师对挤满码头的母亲们毕恭毕敬。在歌岛村，母亲们的意志可以决定老师的地位。

以前，有个老师被母亲们打上共产党的烙印，结果在岛上待不下去了；可是，一个在母亲们当中很有人缘的男老师，和一个女教师生了私生子，却还能被提拔为教导主任。

这一个春光明媚的下午，轮渡一启动，母亲们都在呼喊自己孩子的名字。戴着学生帽，帽带系在下巴的学生们，等到分不清母亲们脸庞的时候，便对着码头异口同声地戏谑般叫唤："傻瓜！""嘿，笨蛋！""一堆呆子！"满载着身穿黑色制服的学生们的船只，运载着金光灿灿的徽章和金纽扣向远方驶去。宏的母亲坐在白天也黑乎乎的房间的榻榻米上，想到两个儿子都在海上，把自己扔在家里，不由得潸然泪下。

神风丸停靠在御木本真珠岛旁边的鸟羽港码头，学生下船后，神风丸便恢复了原有的悠闲土气的风情，准备返回歌岛。蒸汽船的古老烟囱上挂着提桶，吊在船头以及栈桥上的大鱼笼上荡漾着波光。仓库临海而建，灰色的墙壁上用白漆写着大大的"冰"字。

灯塔长的女儿千代子提着波士顿手提包站在码头的

尽头。这个性格孤僻的姑娘回到阔别已久的故乡，不喜欢和岛上的人们说话。

千代子不施粉黛，穿着朴素的深褐色套装，显得更不显眼了，不会引人注目。她长相一般，但眼睛和鼻子的轮廓线条比较粗犷鲜明，这样的容貌，不排除也许会有人为此动心。但是，千代子总是阴沉着脸，表情忧郁，心里念念不忘自己的这一副容貌并不美的事情。这一点正是她在东京的大学读书学习得来的"教养"中最为显著的一个成果。然而，把普通的相貌当作丑陋，正如将普通相貌硬说成美貌一样，恐怕也是一种冒犯吧。

千代子这种阴暗心理的自卑，朴实的父亲并不知道，于是不知不觉间助长了女儿的这种心态。女儿认为是父亲的遗传让自己长得丑，并坦率地表现了自己的悲伤。而老实的灯塔长在客人来访的时候，居然不顾女儿就在旁边的房间里，抱怨道："哎呀，真是的，年纪轻轻的姑娘，为自己的容貌心里苦恼。其实，这都是我这个当父亲的责任，不就是因为我长得丑嘛。可是，这就是命啊。"

有人拍了拍千代子的肩膀，千代子回头一看，身穿锃亮的皮革夹克的川本安夫笑着站在她身后。

“你回来啦。是放春假吧？”

“嗯。昨天刚考完试。”

“大概是回来吃你妈做的好吃的吧？”

安夫昨天到津市的县厅办理父亲交代的有关合作社的事情，住在鸟羽那边一个亲戚经营的旅馆里，今天打算乘船回歌岛。他对自己能使用标准话与东京的女大学生进行对话感到十分得意。

千代子从这个通晓世故的同龄年轻人的言谈举止中感觉到对方心情十分愉快，且这种愉快是出于他认定“这个姑娘对我有意思”的想法。千代子有了这样的感觉后，心里越发感到别扭，心想又是老一套。也许受到她在东京看过的电影、小说的影响，她想看一次当男人说“我爱你”时候的眼神。然而，她开始断定自己一辈子都不会看到这样的眼神。

从神风丸那头传来一声粗嗓子的叫唤：“喂，怎么回事？坐垫还没来啊！”

一会儿，一个男人从仓库落在码头上的大半个阴影中走过来，他肩扛着装有蔓藤草花纹坐垫的包袱。

安夫说道：“快开船了。”

从码头跳上轮渡的时候，他拉着千代子的手一起跳上船。千代子感觉这如铁般坚硬的手掌与东京男人的手大不一样。但是，千代子从他的手掌想象着还没有握过手的新治的手掌。

从小天窗式的入口往昏黑的船舱里一瞧，只见船舱的榻榻米上横七竖八地躺着乘客，他们围在脖子上的白毛巾，眼镜片耀眼的反射光，让还没有适应室内光线的千代子，更觉得阴暗沉闷。

"还是在甲板上吧。虽然有点冷，但还是在外面好。"

安夫和千代子来到船桥背后，这里可以避风，他们靠着缆绳坐了下来。这时，船长的年轻助手粗鲁地说道："喂，把你们的屁股抬一抬。"

说着，抽走了他们坐着的木板。他们刚刚坐在覆盖船舱入口的盖板上了。

船长站在油漆脱落、露出大半木头的船桥上敲响了起航的钟声。神风丸出港了。

他们的身子感受着老旧发电机的震动，眺望着逐渐远去的鸟羽港。安夫想把自己昨晚偷偷嫖娼的事委婉地告诉千代子，但一转念，还是作罢了。在一般的农村或渔村，像安夫这种买春的事，都会成为炫耀的谈资；但是在干净的歌岛，他绝口不提，年纪轻轻就学会一套伪君子的骗术。

当千代子看见海鸥飞到比鸟羽站前的缆车铁塔更高的天上的瞬间，就暗中做出赌一把的决心。在东京，由于她畏首畏尾，没有遇到任何人生的冒险，所以每次回到岛上，总希望发生能够改变自己人生世界的事情。随着船只远离鸟羽港，远处的缆车铁塔也越来越小，于是，低飞的海鸥好像也可以轻易地飞越铁塔。但是现在，铁塔依然高高地耸立着。千代子看着红皮表带的手表的秒针，心中暗暗祈祷："三十秒以内，如果海鸥能飞越铁塔，就一定有好事在等待着我。"——还有五秒。这时，一只一直尾随船只的海鸥突然直冲上天，它的翅膀在铁塔上面拍动搏击。

千代子微笑起来，没等安夫对自己的微笑感到惊讶，她就开口问道："岛上有什么变化吗？"

船只的左面是坂手岛。安夫把快烧到嘴唇的烟蒂掐灭在甲板上，回答道："没什么变化啊。……哦，对了，发电机坏了，十天前全村都使用煤油灯。现在修好了。"

"我妈妈的来信也是这么说的。"

"是吗？别的……要说什么新闻的话……"

他眯缝眼睛望着波光粼粼的春天的大海。海上保安厅的一艘白色的白头鹎丸号在距离十米远的地方向鸟羽港驶去。

"对了。宫田照大爷把女儿叫回来了。名叫初江，长得可俊了。"

"是吗？"

一听到"俊"这个字，千代子的脸色就阴沉下来。她仿佛觉得这个字本身就是跟自己过不去。

"照大爷很喜欢我。我是次子，村里人都说我做初江家的上门女婿最合适不过了。"

一会儿，神风丸进入了一段航道，右面是菅岛，左面是巨大的答志岛。从双岛之间的这个海域通过，无论多么晴朗的日子，这里都是惊涛骇浪，汹涌咆哮的波浪把船只挤压得嘎嘎作响。从这一带的海面开始，常有鱼鹰在波间浮游。还能看见远处大洋上屹立着岩群的无人岛。一看到这个，安夫就皱起眉头，他不想看见这引起歌岛人唯一的屈辱记忆的景色。这无人岛的渔业权历来就是必争之利，年轻人曾为此械斗流血，现在的渔业权归属答志岛。

千代子和安夫站起来，隔着低矮的船桥，等待海面上出现歌岛的身影。歌岛总是从水平线上出现那朦胧的、神秘的头盔般的形状。当船只在波涛中倾斜，头盔也跟着倾斜。

第八章

休渔日总盼不来。宏出去修学旅行的第二天，一场风暴袭击岛上，终于被迫休渔。岛上稀稀落落的樱花树刚刚萌发的蓓蕾，都被这场风暴一扫而光。

　　昨天，反季节的潮湿的海风吹了一整天，天空覆盖着怪异的晚霞。狂涛怒吼，海浪呼啸，海蟑螂、鼠妇等都往高处爬。强风带着雨刮了整个夜晚，大海、天空发出笛子般悲鸣的响声。

　　新治在被窝里听到这声音，心想：看这样子，明天不能出海了，而且无法修理渔具或修补渔网，连青年会的捕鼠行动也无法实施了。

　　母亲还在自己身边熟睡，体贴的儿子怕弄醒母亲，没有起床，在被窝里等着天亮。房子在狂风中摇晃，窗户嘎嘎作响，外面传来马口铁板被掀起刮倒的咣当咣当的声音。歌岛的住宅，不论是大房子，还是新治家这样的小平房，布局基本一样，都是入口的土间[1] 左边是厕所，右边是厨房。然而，在如此狂暴的风雨中，能够平静飘游的，就是支配着拂晓昏暗的家中唯一的气味，那种呛人的、冰冷的、冥想般的厕所气味。

窗户正对着邻居土窖的墙壁，所以亮得晚。他抬头望着刮进屋檐顺着窗玻璃湿湿嗒嗒流淌下来的暴雨。休渔日，剥夺了他劳动的喜悦和收入，刚才他还憎恨这样的日子，现在却觉得这是美好的节日。这不是由蓝天、飘扬的国旗、绚丽的彩灯装饰的璀璨节日，而是由在风暴与怒涛下匍匐披靡的树梢、呼啸的狂风装饰的节日。

年轻人已经迫不及待，猛然从被窝里跳起来，套上满是窟窿的黑圆领毛衣，穿上裤子。一会儿，母亲睁开眼睛，看着站在微明的窗前的男子的黑影，叫喊起来："你是谁啊？"

"我。"

---

1. 土间，室内没有铺地板的地面，或铺着三合土的地面。

"吓死我了。今天这样的暴风雨，还要出海吗？"

"休渔……"

"既然休渔，你就再睡一会儿吧。我刚才还以为是不认识的人呢。"

母亲刚刚醒来，睡眼惺忪，她的第一个感觉其实是对的。如今的儿子已经不再是她熟悉的儿子了。平时沉默寡言的新治现在竟然在大声地唱歌，双手抓着门框做引体向上运动。

母亲责备他这样会把房子弄塌："外面刮大风，我看你心里也刮风。"

母亲当然不知情，只是一味地发牢骚。

新治看了好几次煤烟熏黑的柱子上的挂钟。他从来不会怀疑别人，因此丝毫不怀疑少女在这样的暴风雨中不会守约前往。年轻人的心缺少想象力，不论是不安还是喜悦，他都不知道利用想象力将其扩大，变得复杂，用来消磨打发忧郁的时光。

他不再耐心等待，披上胶皮雨衣，向海边走去。他仿佛觉得，只有通过与大海的无声对话才能得到回答。

巨浪冲撞着堤坝,激荡起高高的水柱,发出可怕的轰隆声,摔成碎片。由于昨天发布了暴风雨的特别警报,所有的渔船都被拉到比平时更高的岸上。海岸线向前逼近,港口在巨浪退下去的时候,水面急剧倾斜,几乎会露出底部。波浪的水花与雨水一起打在新治的脸上,火热的脸上从鼻头流下来的水柱含有浓烈的咸味,这让新治想起初江嘴唇的味道。

云朵飞跑,阴霾的天空快速呈现忽明忽暗的景象,云层深处有时让人感觉有晴天般的征兆,出现含带着模糊光影的薄云,但是,很快这样的薄云又消失了。新治凝神注视着天空,没料到波浪涌过来,打湿了他的木屐带。他的脚边有一个美丽的淡红色小贝壳,好像是浪潮刚刚冲上来的。他弯腰拾起来,是一个完整形状的贝壳,纤细的薄边没有一点损坏。新治把贝壳放进兜里,打算作为礼物送给初江。

吃过午饭,他准备马上出发。母亲一边洗餐具,一边目不转睛地看着儿子又走进风雨里的身影。她没敢问儿子去哪里,因为儿子的背影让她失去了询问的勇气。她后悔自己没有生一个总可以帮着做家务的女儿。

男人出海打鱼,开着机帆船将货物运送到各个港口。女人没有机会接触这种广阔的世界,只能在家里烧饭、汲水、采海藻,夏天时潜入深深的海底当海女。母亲是经验丰富、技术娴熟的海女,她知道海底那微明的世界才是女人的世界。白天也必须待着的昏黑的家,分娩时阴沉的痛苦,海底的幽暗,这一切就是女人感觉亲切的世界。

母亲想起前年夏天的事。一个和自己一样的寡妇,她还有一个吃奶的孩子,自己身体虚弱,但依然咬着牙潜入海底采鲍鱼,当她上岸烤火的时候,突然昏倒过去。她翻着白眼,咬着青紫的嘴唇,就这样死去了。薄暮时分,海女们在松林里火化她的尸体,大家都极其悲伤,站都站不起来,蹲在地上椎心痛哭。

于是,各种各样奇异的谣传不胫而走,有的女人开始害怕潜海。大家都说那个女人在海底看见了不该看的可怕东西而遭到了报应。

但是,新治的母亲不相信这样的谣传,她潜水的深度越来越深,获得比任何人都多的丰富回报。因为她对任何未知的事情从不自寻烦恼。

……母亲即使回忆起这些事情，也没有感到伤心，她天生具有开朗热情的性格和健康壮硕的身体，和儿子一样，门外的暴风雨诱发了她一颗欢乐心灵的跳动。她洗完餐具，打开咯咯作响的窗户，借着淡淡的亮光，掀起下摆，端详着自己的双腿。经历风吹日晒变得黢黑的结实壮硕的一双腿，没有一点皱纹，隆起的肌肉放射出近于琥珀色的光泽。

——就这副身板，看来还能生三五个孩子呢……

一闪过这个念头，她贞洁的心灵顿时感到害怕，立刻整了整身上的衣服向着亡夫的牌位跪拜。

年轻人登上通往灯塔的山路，如注的雨水形成一道水流冲过他的双脚。松林的树梢哗哗呻吟。长筒胶鞋不好走路，他没有打伞，感觉雨水顺着平头的脑袋流进衣领里。但是，年轻人依然迎着暴风雨攀上山路。他并不是为了故意反抗暴风雨，而似乎是为了确切地感受宁静的幸福与宁静的大自然之间的关系，现在他的内心对大自然的这种狂暴感到一种无法言喻的亲近感。

他从松林的间隙眺望眼下的大海，无数的白浪跳跃翻腾着滔滔向前。海岬尽头的高大岩石也经常被巨浪整个覆盖。

拐过女人坂，可以看见灯塔长的平房住宅，所有的窗户都紧紧关闭着，窗帘低垂，蜷伏在暴风雨中。年轻人登上通往灯塔的石阶。值班室也是大门紧闭，不见灯塔员的身影，被飞溅的水珠打湿、不断地嘎嘎作响的玻璃窗里面，有一台冲着紧闭的窗户呆然伫立的望远镜、被从窗户缝隙吹进来的风掀动散乱在桌子上的文件、烟嘴、海上保安厅的制帽、轮船公司制作的那些画有新船的花花绿绿的挂历、柱子上的挂钟、随手挂在柱子的钉子上的两个大三角板……

年轻人到达观察哨所的时候，完全像一只落汤鸡，连内衣都湿透了。在这个静悄悄的地方，暴风雨显得格外凄厉。这里接近岛的最高点，周围没有任何遮蔽物，暴风雨在天空肆无忌惮地横冲直撞，为所欲为。

有三面大窗户的废墟，不仅不能挡风，反倒是把风雨引进来，任其横行霸道。从二楼的窗户眺望太平洋广袤的景观时，视野也被雨云遮挡而缩小了；但风高浪急，翻腾着白色的波涛，怒吼咆哮，正因为被低暗的雨云框住了视野，反而让人想象起无边无垠的汹涌水面。

新治从外侧的楼梯走下来，到一楼上一次母亲让他取柴火的那间房间瞧了一眼，却不意发现这儿是避风的好去处。这里原先是堆放杂物的地方，有两三个小窗户，只有一扇窗户坏了。人们以前堆放在这里的一捆捆松叶基本上已经被搬走了，只有角落里还剩下四五捆。

新治闻到一股霉味，心想这简直和牢房差不多。于是就在这里避风挡雨，他突然感觉到一阵寒冷，打了一个大大的喷嚏。

他脱下胶皮雨衣，从裤兜里掏出火柴。船上生活养成了他小心谨慎的习惯，所以每次出门他都要带上火柴。在他的手碰到火柴之前，先碰到了早晨在海边捡到的那个贝壳。他把贝壳拿出来，借着窗户的亮光，依然湿漉漉的淡红色贝壳闪动着光泽。年轻人心满意足地把贝壳重新放好。

火柴发潮，不容易划着。他从已经散开的松叶捆中抽出一些枯叶和枝条堆放在混凝土地上，划亮火柴点燃。起先只是冒烟，火势微弱，整个室内充满烟雾，然后慢慢地火苗闪动着变成小小的火焰。

年轻人抱着膝盖坐在火堆旁边。现在剩下的就是等待。

……他等待着，没有丝毫的担心和不安。他无聊地把手指捅进黑色毛衣的破洞里，越捅越大。他体会着身体逐渐暖和起来的感觉，听着门外呼啸的风声，满心陶醉在坚信不疑的忠诚本身所带来的幸福感里。想象力的缺少使他免去不必要的苦恼。他在等待的过程中，把头枕在膝盖上睡着了。

……当新治醒过来时，眼前的火焰依然在燃烧，火势没有减弱。而火焰的那头，站着一个陌生的朦胧的身影。新治以为自己在做梦。原来是一个裸体少女正低头站着，将白色的内衣放在火上烤干。她双手拿着内衣垂到火上，所以上半身暴露无遗。

新治明白这不是做梦，脑中闪过一个狡黠的念头，故意装作还在睡觉的样子，却眯出一道眼缝偷看。就这样一动不动地凝视着少女，因为初江的身体实在美妙绝伦。

海女的习惯，当她们将湿漉漉的身体烤干的时候，会毫不犹豫地赤身裸体，这似乎习以为常。当初江来到约会的地点时，看见已经燃起了火堆，而新治正在睡觉，于是瞬间产生了一个小孩子般的想法，趁着他睡觉的时候，把自己的衣服和身子烤干。就是说，其实初江并没有故意在男人面前脱光身子的意识，仅仅是因为刚好有一堆火，才突然产生了念头。

如果新治是一个惯经女色的小伙子，大概一眼就能看出这个在暴风雨包围的废墟中，站在火堆那头的初江是一个真真切切的处女之身。她的肌肤不算白皙，经过潮水的不断洗涤，光滑紧实，富有弹性，那一对坚挺的小乳房仿佛相互害羞似的稍稍分向两边，在经受长久潜水的宽阔胸脯上，隆起一对蔷薇色的蓓蕾。新治害怕被初江发现，只能眯着小细缝，透过几乎升腾到混凝土天花板的摇曳火光注视着这有点模糊的身体轮廓。

然而，年轻人一个不经意的眨眼，睫毛的影子被光焰夸张地投射到脸上动了一下。少女立即用还没有烤干的白色内衣遮挡住胸脯，叫喊道："不许睁眼！"

老实的年轻人只好紧闭眼睛。细细一想，如果自己再继续装睡，的确不好，但睡觉醒过来不是很正常的吗？

所以，自己完全具有正大光明的理由，于是他鼓足勇气再次睁开那乌黑俊美的眼睛。

少女束手无策，但是她并没有穿上衣服。她再次用清脆尖利的声音叫道："不许睁眼！"

但是，年轻人这回不打算闭上眼睛。打从出生以来，他就见惯了这岛上渔村女人的裸体，但是对自己心爱的女人，还是第一次看见。他也无法理解，仅仅因为裸体这么个理由，就会让初江与自己之间产生障碍，就会使两人之间的平常谈话和亲密接触变得困难。他以一种少年般的率直心情站了起来。

年轻人和少女隔火相望。年轻人向右挪动一步，少女也向右逃离一步，两人依然没有越过火堆。

"你干吗躲着我？"

"人家害臊呗。"

年轻人没有说"那你穿上衣服吧"。他想能多看一会儿姑娘的身子。新治接不上话，问了一个孩子般的问题："怎么才不会害臊啊？"

少女的回答天真无邪，却令人惊讶："那你也脱了，这样就不害臊了。"

新治十分为难，但也就犹豫了片刻，二话不说，便将圆领毛衣脱了下来。他脱毛衣的时候，担心少女会不会跑掉，甚至在毛衣穿过脑袋上脱下来那个瞬间，他依然不放心。他迅速将身上的衣服脱下来扔在地上，于是，一个比穿着衣服更健美的、只穿着兜裆布的年轻人的裸体站在了初江面前。新治的一颗炽热的心向着初江，但是，在进行了以下的对话后，他才感觉羞耻之心重返体内。

他语气强烈地逼问道："这样你就不害臊了吧？"

少女并没有意识到这句话的可怕性，竟然蹦出一个她自己都没想到的遁词。

"不。"

"为什么啊？"

"你还没有脱光嘛。"

火光映照之下，年轻人的身体因羞耻变得通红。他想说话，却说不出口。他的指尖几乎伸到火里，在晃动的火焰中注视少女白色的内衣，好不容易开口说道："你把那个拿开我就脱。"

初江听了以后，情不自禁地微微一笑。这个微笑意味着什么，新治不明白，连初江本人也没有意识到。她把遮挡着胸部到下半身的白色内衣一把扔到身后。年轻人如一尊雄伟威武的雕像，屹立不动，凝视着少女在火焰中闪动光耀的眼睛，解开了兜裆布的带子。

这时，外面的暴风雨猛然间狂暴骤烈起来，风雨本来就一直围绕着废墟横行肆虐，但是就在这个瞬间，狂风暴雨仿佛在眼前崩塌下来。他们知道在高高的窗户下面，太平洋正悠然涌动着持续性的狂躁。

少女后退了两三步。但无路可退。她的身后是灰黑的混凝土墙。

"初江！"年轻人叫起来。

"你从火上面跳过来！你从火上面跳过来！"

少女气喘吁吁，声音清晰而富有弹性。

赤身裸体的年轻人没有丝毫的犹豫不决，脚尖一使劲，猛力弹跳起来，被火焰映红的身体勇往直前跨过火堆，一下子站在初江面前。他的胸脯轻轻碰到她的乳房。——就是这样的弹性。这就是我以前想象过的红毛衣里面的弹性。——年轻人心情激动。两个人紧紧拥抱在一起。少女软绵绵地倒了下来。

少女说道："松叶扎得生疼。"

年轻人伸手把白色内衣拿过来，想铺在地上，但是少女拒绝了。她的双手已经不想再拥抱年轻人了。她弯下双膝，双手把内衣揉成一团，如同小孩子在草丛中捕捉小虫一样，坚决保护自己的身体。

　　这时，初江说了一句具有道德性的话："不行，不行。……姑娘在结婚之前不能这样。"

　　年轻人顿时畏怯，有气无力地说道："怎么也不行吗？"

　　"不行。"少女闭着眼睛，似乎在劝诫他，又似乎在安慰他，爽快地说道，"现在不行。我已经决定嫁给你了。出嫁之前，怎么也不行。"

　　新治的心中对道德观念有一种盲从的虔诚。首先，他不懂性事，感觉这时候触及了女人这个存在的道德核心。所以他没有强求。

　　年轻人的手臂紧紧搂抱着少女的身体，两人互相听着对方心颤的跳动。长久的接吻，无法让年轻人得到满足。然而，从这个瞬间，这种痛苦转化为不可思议的幸福感。火势减弱，时常蹦出噼啪噼啪的火星，两个人在倾听对方心脏的跳动时，也听到了这种火星跳跃的声音和掠过高高窗户的暴风雨的呼啸声。于是，新治感觉到这永无止境的陶醉心情在与窗外惊天动地的潮流的喧嚣、与摇晃树梢的狂风的怒吼一起，在大自然的高潮中起伏荡漾。这种感情是一种无穷无尽的真正摆脱了烦恼的幸福。

年轻人放开她，用一种坚定的沉着的声音说道："我今天早晨在海滩上捡到一个很好看的贝壳，想送给你，我带来了。"

"谢谢你。让我看看。"

新治回到扔下衣服的地方，穿上衣服。这时，少女也开始穿上内衣，整理好服装。他们的穿衣是那么自然率真。

年轻人拿着贝壳回到已经穿好衣服的少女的身边。

"哎呀，真好看。"

少女让火光映照着贝壳，高兴地欣赏，又比试着把它插在头发上，说道："像珊瑚一样，可以做头饰呢。"

新治坐在地上，把身子靠在少女的肩膀上。两人都穿上了衣服，非常轻松愉快地接吻。

……回去的时候，暴风雨还没有停息。以前为了避人耳目，他们都是在灯塔前面的路上分开，各自回去，但今天新治不能遵照这个习惯。他带着初江，绕到灯塔背面比较好走的山路，两人依偎着从风雨交加的石阶一道走了下去。

千代子回到岛上父母亲身边，第二天就开始觉得百无聊赖。新治也不来。那个学习礼仪的聚会，村里的姑娘们都来参加，其中有一个她没见过的新人，便知道她就是安夫所说的初江。千代子觉得她那副乡下人的长相比村里人所说的更美。这是千代子难得的优点。多少有点自信的女人一般都会挑剔贬斥别的女人的缺点，但千代子在这一点上比男人更加坦诚率直，对别的女人的各种类型的美都采取认可的态度。

千代子无所事事，便开始阅读英国文学史。维多利亚王朝的女诗人，克里斯蒂娜·乔治娜·罗塞蒂、阿德莱德·安妮·普罗克特、金·因基罗、奥古斯塔·韦伯斯特、艾丽丝·梅内尔夫人等，虽然千代子对她们的名字和作品一无所知，但就像念经一样背诵一些诗句。千代子死记硬背的本领还是不错的，她甚至把老师打了个喷嚏都记在笔记本上。

母亲在千代子身旁，非常认真地想从女儿这里学到一些新知识。上大学本来就是千代子本人的意愿，父亲起先还有点犹豫，但在母亲热心的支持下得以实现。从灯塔到灯塔、从孤岛到孤岛的生活经历激发起母亲对知识的渴求，总是在女儿的生活中描绘自己的梦想，以至于她看不到女儿内心深处小小的不幸。

暴风雨那一天，从前一天晚上就刮起了强风，深感责任重大的灯塔长彻夜未眠，母女俩一直陪伴在他身旁，所以早晨起来得很晚，午餐和早餐合在了一起。饭后收拾完毕，三个人被暴风雨困在家里，寂寞无聊。

千代子怀念起东京。这样暴风雨的日子，东京的街头，汽车照样行驶，电梯照样运转，电车照样嘈杂，她怀念这样车水马龙的东京。在那里，"大自然"基本上已经被人们征服，而剩余的大自然的威力便是人们的敌人。但在这岛上，人们把大自然视为朋友，都袒护大自然。

千代子看书看累了，把脸贴在窗玻璃上，观看着把自己困在家里的暴风雨。暴风雨单调无味，波涛的轰鸣声如同醉鬼翻来覆去的絮叨声。不知道为什么，千代子想起自己的学友被她所爱的男人强暴的传闻。这个学友深深爱着她的恋人的温存和优雅，还到处宣扬吹嘘，可是自从那一夜以后，她开始爱上这个男人的暴力和私欲，只是对别人都闭口不言。

……这时，千代子看到和初江依偎在一起冒着暴风雨走下石阶的新治的身影。

千代子一直认为自己长得丑，也相信这副丑脸蛋所产生的效果。这种想法一旦固定下来，使她要比美女更会巧妙地伪装自己的感情。对丑陋的确信就是这位处女所相信的石膏。

千代子回头看着室内，地炉旁边，母亲正在做针线活，父亲正在默默地抽烟。屋外是暴风雨，屋内是家庭。谁也没有注意到千代子内心的不幸。

千代子又回到书桌旁，翻开英语书。词语已经毫无意义，铅字只是无休止的排列，这字里行间高高低低地飞翔盘旋着鸟儿，鸟儿的幻影在她的眼前闪动。那是海鸥。她想起自己回到岛上的那一天，对海鸥飞越过鸟羽铁塔时所做的小小的占卜，原来就是意味着这件事啊。

第九章

宏寄来一封快信。要是寄平信的话，也许人先回来了信还没到。所以他在京都清水寺的明信片上盖上了一个紫色的参观纪念的大印章，寄了快件回来。母亲还没看信，就发了火，抱怨现在的孩子花钱大手大脚，不懂得珍惜钱，寄快件完全是浪费。

宏在信上只字未提参观名胜古迹的事情，只写了第一次看电影的感受。

　　到京都的第一天晚上，允许自由行动，于是和阿宗、阿胜一起去附近的一家大电影院看电影。那个房间很漂亮，可是椅子又窄又硬，坐上去就像坐在木棍上一样，硌得屁股疼，还不稳当。过了一会儿，身后的人催我们说："坐下！坐下！"我心想不是明明坐着的吗，怎么回事啊？结果还是后面的人教我们。原来这是折叠椅，放下来才能成为椅子。我们三个人出了洋相，觉得不好意思。放下来一坐，软乎乎的，就像天皇坐的椅子一样。我想有机会让妈妈也坐一回这样的椅子。

她让新治把明信片念给她听，当她听到最后这句时，不禁感动落泪。然后把明信片供在佛龛上，祈祷昨天的暴风雨不会影响宏的旅行，祈祷后天宏能平安归来，她还逼着新治也一起祈祷。过一会儿，她又没好气地数落新治："你这个当哥哥的，读书写字都不行，还是弟弟脑子好使。"所谓"脑子好使"，好像就是让母亲可以哭得开心的意思吧。母亲立即拿着这封信去阿宗、阿胜家，让他们也看看，然后又和新治一起去公共澡堂洗澡。在热气腾腾的浴室里遇见了邮局局长的太太，母亲赤裸着膝盖，跪下来对邮局及时把信送来表示感谢。

新治洗澡很快，在门口等待母亲从女浴室里出来。澡堂的屋檐上刻有木雕，颜色剥落，色彩斑驳，水蒸气在屋檐上升腾缠绕。温暖的夜，静谧的海。

新治看见前面两三间[1]远的地方站着一个背对着自己的男人，双手插在裤兜里，脚上的木屐在石板路上打着拍子。在昏黑之中，只能看见他穿着茶褐色皮夹克的背影。这个岛上能穿得起高档皮夹克的没几个人。没错，是安夫。

新治刚想叫他，不料安夫转过身来。新治对他笑了笑。但是安夫面无表情，只是一直盯着他，接着又转过身，扬长而去。

虽然新治没有把朋友这种令人不快的举动放在心里，但还是觉得奇怪。这时，母亲从浴室里出来了，年轻人像往常那样默默地和母亲一起往家里走。

昨天的狂风暴雨后，阳光明媚，安夫出海归来以后，迎接了千代子的拜访。她说和母亲一起到村里买东西，母亲去附近的合作社社长家里走访，自己就顺便来安夫的家里坐坐。

安夫听了千代子说的事情，年轻人轻佻浮躁的自豪

---

1. 间，一间约为一点八米。

感被击得粉碎。经过一晚上的思考，第二天晚上，新治见到他的背影时，他正站在贯穿村落中心的坡道旁边的一户人家前面，观看张贴在上面的排班表。

歌岛缺水，尤其是旧历正月，最为枯竭，因此大家常为水而吵架。沿着村落中心有一段石头小路，水顺着小路流下来，形成一道细细的小河。这条小河的源头是全村唯一的水源。梅雨季节或是暴雨过后，河流涨水，河水变浊，女人们在河边一边闲聊一边洗衣服，孩子们拿着自制的军舰模型放进河里玩耍。但到了枯水季节，河水断断续续，变成细流，连驮走一小片东西的气力都没有。小河的源头是一口泉水，雨水经过过滤后积攒在岛屿的顶端，除了它以外，岛上便没有其他水源了。

不知从什么时候开始，村公所决定轮流值班汲水，每周按照这个排班表运作。汲水是女人的工作。只有灯塔可以把雨水过滤后积存在蓄水槽里，而其他的人家都只能依靠这眼泉水生活。有的人家被安排在深夜汲水，也只好忍受这样的不便。当然，深夜汲水的人家，几周以后，就会被安排在早晨这样方便的时间段。

安夫看着这张贴在村里人最集中的地方的排班表。

106

表上写着半夜两点轮到宫田家汲水。这自然是初江的工作。

安夫咋了一下舌头，如果不是捕章鱼的季节那就更好了，早晨可以多睡一会儿。可是，这一阵子正是乌贼的汛期，人们在拂晓前必须到达伊良湖海峡的渔场，所以家家户户都得三点起来做饭，有的性急的人家三点之前就开始生火做饭了。

不过，幸好明天初江的时间安排不是三点，安夫决心明天在自己出海之前把初江拿下。

安夫看着排班表暗下决心的时候，看见新治站在澡堂男浴室的门口。他现在对新治恨之入骨，也忘记了平时装腔作势的派头。他疾步匆匆地回到家里，瞟了一眼父亲和哥哥在收音机播放着《浪花节》的喧闹声中喝酒的起居室，直接回到二楼自己的房间里，不管不顾地抽起了烟。

按照安夫的常识推断，得到初江身体的新治绝对不是处男。别看他在青年会的时候装出一副老实的样子，抱着膝盖，笑眯眯地倾听别人的发言，带着小孩子般天真的表情，其实这个人很会玩弄女人。真是个狡猾的家伙！安夫怎么也无法想象新治的那张面孔居然是两面派。安夫得出的结论是——尽管这种想象是多么不合逻辑——新治是堂堂正正、坦率自然地得到了初江的身体。

这天夜晚，安夫为了不让自己睡着，不停地在被窝里掐着自己的大腿。不过，他没有必要这么做。因为对新治的憎恨，与捷足先登的新治之间的竞争意识，就足以让他彻夜难眠。

安夫有一块引以为豪的夜光表。这天晚上，他没有把手表摘下来，而是穿着夹克和裤子直接躺进被窝里，不时将手表贴在耳边听它的走动，不时借着表盘的荧光看钟点。他觉得，拥有这样手表的男人才有足够的资格拥有女人。

深夜一点二十分，他悄悄溜出家门。夜的寂静中，涛声格外响亮，月光如水。村落岑寂宁静，街灯只有码头一盏、中央坡道两盏、山腰的泉水边上一盏。港口的船只，除了轮渡外，其他都是渔船，没有港口明亮的桅灯，家家户户都还在熄灯睡觉。乡村的夜色因为一排排黑暗而厚重的屋顶显得更沉闷黢黑，但是，这座渔村的房子不是铺瓦就是铺白铁皮的屋顶，所以没有茅草葺顶那样逼促重压的感觉。

安夫脚穿运动鞋，这样行走在石板路上不会发出声音，他快步登上去，穿过被花蕾半开的樱花树围绕的小学校园。这是最近扩建的操场，樱花树也是从山上移植下来的，一株小樱花树被暴风雨刮倒在地上，月光下黑黢黢的树干横躺在沙地的旁边。

安夫登上河畔的石阶，来到泉水叮咚的地方。灯光勾勒出泉水的轮廓，从长着青苔的岩石之间流淌下来的清水积存在水槽里，从水槽的边缘流溢出来，漫过了青苔。仿佛水流不是溢淌下来，而是满满涂抹在青苔上的透明美丽的绿釉。

泉水周围的树木上，猫头鹰在啼鸣。

安夫躲藏在街灯的背后。一只小鸟扑棱棱惊飞而去。他靠在一棵榆树的粗大树干上。一边瞧着夜光表，一边等待。

两点刚过，肩上挑着水桶的初江出现在小学的校园里。月光清晰地照出她的身影。半夜三更的体力劳动对于女人来说的确不轻松。但在歌岛，不论贫富，所有的男女都必须切实履行自己的本职工作。经过海女的劳动锻炼的初江，身强力壮，不怕苦不怕累，她挑着空水桶前后晃动着走上石阶。看上去倒像是一个喜欢这个工作的孩子，一副兴高采烈的样子。

安夫本想等初江来到泉水边，放下水桶的时候，自己冲出去，但转念一想，改变了主意。他决定先忍耐一下，等初江的水桶汲满水以后再行动。他左手扶在较高的树枝上，一动不动，做好随时冲出去的姿势。他把自己想象成一尊石像。幻想着一个女子用她那有点冻疮的红红的大手把泉水汲上来倒在水桶里时清冽响亮的声音，以及那健康丰满水灵的身体，这让他感到无比的快乐。

安夫扶在树枝的手腕上的夜光表闪烁着荧光，发出微弱但明确的秒针走动的声音。手表的声音惊醒了树枝上刚刚筑好一半的蜂巢里的蜜蜂们的美梦，似乎强烈地刺激了它们的好奇心。一只蜜蜂战战兢兢地飞来停到手表上面。然而，这只发出微光、有规则啼叫的、不可思议的甲壳虫竟然有一个光滑、冰冷的玻璃板作为铠甲，这使得蜜蜂大失所望。于是，蜜蜂转移到安夫的手腕上，用刺狠狠地蜇了一下。

安夫大叫起来。初江猛然朝这边回头，她没有叫喊，而是迅速把扁担从绳子上撸下来，斜横在手里，摆出应对的架势。

安夫自己也觉得失态，狼狈地走到初江跟前。少女依然保持戒备状态，后退了两步。安夫觉得这时候应该开一两句玩笑，以缓解气氛，于是故意傻呵呵地笑着，说道："嘿，吓坏了吧？以为我是妖怪吧？"

"哎哟，原来是安哥啊？"

"我就是想吓你一跳，才躲起来的。"

"这个时候你怎么在这里啊？"

少女还不知道自己有这样的魅力。当然，如果仔细想一想，应该会知道的，但当时她真的以为安夫只是为了吓唬自己才躲起来的。安夫看穿了少女的心态，便趁机一把夺过少女手中的扁担，抓住她的右手腕。安夫的皮夹克发出嘎吱的声音。

这时，安夫终于恢复了威严，直瞪着初江的眼睛。他打算以冷静沉着、堂堂正正的态度说服初江，因为他莫名其妙地想象过新治就是采取这种光明正大的态度得到初江的，所以他要模仿新治的做法。

"你好好听着，你要是不听我的话，以后会有你好受的。你和新治的事，我要把它抖出去，你还不听我的话吗？"

初江脸色通红，喘着大气。

"放手！我和新治的事，什么事啊？"

"别装糊涂。你和新治幽会，那小子居然先下手了。"

"胡说。我们什么事都没有。"

"我什么都知道。暴风雨那一天，你和新治上山干什么去了？……瞧你的脸都红了。……现在，你就要和我……像和新治那样……没问题吧？答应我吧。"

"不行！不行！"

初江拼命挣扎逃脱，安夫使劲抓住她，不让她逃跑。安夫心想，如果自己没有得逞，让她逃脱，她一定会向父亲告状的；但一旦自己得手，她就不会告诉任何人了。安夫特别喜欢看城市里那种低级趣味的杂志上刊登的，所谓"被征服的女人"的自白这一类东西。觉得给女人造成一种难以启齿的苦恼是非常快活的感受。

安夫好不容易把初江按倒在泉水边上。一只水桶被撞倒了，水漫过青苔覆盖的地面。在街灯的灯光下，初江翁动着小巧的鼻翼，睁着眼睛，眼白部分闪耀发亮，她的一半头发浸在水里。初江突然噘起嘴唇，朝安夫的下巴吐了一口唾沫。这个动作反而越发刺激了他的情欲。安夫的胸脯感受到初江胸口强烈的波动，他将自己的脸颊贴在了初江的脸上。

就在这时，他忽然惊叫起来，身子蹦了起来。原来是蜜蜂又在他的脖颈上蜇了一下。

他气急败坏地想抓住蜜蜂，就在他乱蹦乱跳的时候，初江趁机爬起来，向石阶方向逃去。

安夫狼狈周章，现在忙着捕捉蜜蜂。刚才好不容易把初江抓到手了，自己却在刹那间把事情的前后顺序弄颠倒了。他连忙疾步追上去，再次抓到初江，将她丰满的身体压倒在青苔上。就在这时，那只狡猾的蜜蜂也紧追不舍，落在他的屁股上，从裤子上再一次深深地蜇了进去。

安夫又蹦了起来。初江这次有了逃跑的经验，立即逃到泉水的后面，然后钻进树林里，躲在羊齿草丛背后逃跑。路上看见了一块大石头，她便一只手高举石头，让喘息平静下来，俯视着泉水边上。

说实在话，初江并不知道是哪位神灵在拯救自己，在她惊讶地看着安夫在泉水边上乱扭乱动的时候，才明白原来这一切都是那只机灵的蜜蜂所为。因为她借着街灯的亮光，看见安夫在空中挥舞捕捉的手指尖上，有一只蜜蜂拍动着金色的小翅膀飞走了。

安夫终于把蜜蜂赶走了。他呆然站着，用毛巾擦汗，然后到处寻找初江的踪影，可是哪儿也没有发现。他战战兢兢地用双手围在嘴上，做成喇叭状，低声地呼喊初江的名字。

初江故意用脚拨弄羊齿草，发出沙沙的响声。

"喂，你在那儿啊，下来吧。我不会动你了。"

"不行！"

"你下来吧。"

他想上去，初江举起了石头。他害怕了。

"你想干什么？多危险啊……我怎么做，你才能下来呢？"

要是初江就这样跑走，一定会向父亲告状的，安夫最怕的就是这个，所以他反复询问初江："……你说，我怎么做，你才能下来呢？你不会告诉你老爸吧。"

——初江没有回答。

"喂，你告诉我，你不会向你老爸告状的。我怎么做，你才不会说？"

"你替我汲水，再挑到我家里去，我就不说。"

"真的吗？"

"真的。"

"照大爷太可怕了。"

然后安夫默默地开始汲水，好像是在尽某种义务的感觉，实在可笑。他把被撞倒的水桶扶起来，两个水桶都汲满水，然后把绳子系在扁担上，挑在肩上往回走。

走了一会儿，安夫回过头一看，初江跟在自己身后大约一间的地方。少女没有一丝笑容。安夫停下脚步，少女也停下来；安夫下石阶，少女也跟着下石阶。

村落依然一片宁静，只有月光浸润着家家户户的屋顶。然而，当两人一级一级走下石阶的时候，听见四处鸡鸣，曙光即将初透。

第十章

新治的弟弟宏回来了。母亲们都到码头迎接自己的儿子。细雨霏霏中，海面模糊不清，直到离码头一百多米时，轮渡才从浓雾中的海面上缓缓出现。母亲们急切地呼唤自己儿子的名字。可以清楚地看见学生们在甲板上挥舞着帽子、手巾。

　　轮渡靠近码头的时候，即使学生们和自己的母亲对视一眼，也只是稍稍微笑一下，依然和朋友们一起打闹，他们不愿意让朋友看到自己在母亲面前撒娇的样子。

　　宏回到家里以后，依然处在兴奋状态，心神不定。他谈起修学旅行的事情，只字不提参观名胜古迹的见闻，只说什么朋友半夜起来小解，心里害怕，把他叫醒，让他陪着去，结果第二天早上困得起不了床之类无聊的话。

　　不过，这次旅行的确给他留下了深刻的印象，宏不善言谈，不知道如何表达，忽然想起什么就说什么，比如一年前在学校的走廊上涂蜡让女老师滑倒这样的事情。至于旅行所见，那些灯火辉煌、耀眼炫目的东西——突然逼近到自己眼前，擦身而过，又消失得无影无踪的电车、汽车，还有高楼大厦、霓虹灯等，这些令人胆战心惊的东西都去哪里了？家里的一切东西，和他出发前毫无二致，橱柜、柱子上的挂钟、佛龛、矮脚饭桌、镜台，还有母亲、灶台、脏兮兮的榻榻米。对着这些，其实根本用不着讲什么，不过，这些事物，甚至母亲，都在央求着他讲一讲旅行的话题。

到哥哥新治出海回家的时候，宏的情绪总算平静下来。晚饭后，宏翻开笔记本，对母亲和哥哥大体说了一通旅行的情况。大家听完以后，都觉得满意，就没有要他补充其他情况。于是一切恢复原样，一切都存在于无言之中。橱柜、柱子上的挂钟、母亲、哥哥、陈旧而又煤灰污脏的灶台、大海的喧嚣……宏在这一切的包围中酣然熟睡。

春假即将结束。宏早上起床以后一直到晚上睡觉之前，一整天都忙于游玩。岛上可玩的地方也很多。他在京都、大阪第一次观看了早就听说过的美国西部电影以后，就和几个玩伴发明了模仿电影剧情的新玩法。他们到隔海相望的志摩半岛的元浦一带观看山林火灾升腾的烟雾时，就联想到印第安城堡里点燃的烽火。

歌岛的鱼鹰是候鸟，所以这个季节鱼鹰逐渐消失了。整座岛上黄莺鸣啭。前往中学的陡坡的顶上，冬天时节寒风凛冽，站在那里鼻子会被冻得通红，所以名叫"鼻赤岭"。不过像现在这样的日子，虽然春寒料峭，但已经不会冻红鼻子了。

岛屿西端的弁天岬是他们玩耍西部电影的舞台。海岬西面的岸边都是石灰岩，从这里向前走，就会到达歌岛最神秘的一个岩窟的入口处。洞口宽约一米半，高七八十厘米，进去以后，起先是弯弯曲曲的小道，逐渐变宽，里面是三层楼高的宽阔的洞窟。到达洞窟之前黑得伸手不见五指，但到了洞窟，却呈现微明的亮光，让人觉得不可思议。其实洞窟在看不见的深处与海岬相通，从东边进来的潮汐在深深的洞窟底层潮涨潮落。

这些顽童手持蜡烛，走进洞窟。

"喂，大伙儿小心点。危险！"

他们互相提醒，一个个爬着进去，黑暗中互相交换眼色。在烛光的火影中，同伴的脸型勾勒出粗犷严肃的轮廓。在这样的烛光映照中，每个人都为对方的脸上没有长出西部牛仔探险家的胡子而感到遗憾。

宏的玩伴有阿宗和阿胜。他们一行正打算进入洞窟内进行一次印第安式的探宝活动。

进入洞窟后，他们才终于站了起来。走在前头的阿宗不留神碰上一张厚厚的大蜘蛛网，蛛网缠在了他的头上。

后面的宏和阿胜嘲笑起来："嘿，脑袋上这么多头饰，你可成了酋长了。"

洞壁上有一处不知何人刻下的梵文，上面布满青苔，他们在洞壁前立了三支蜡烛。

从东边进来的潮汐流进洞窟的水潭底层，冲击着岩石，发出激越澎湃的声响。这怒涛的声音与在外面听到的涛声根本无法相提并论，滚动翻腾的水声在石灰岩的洞窟四壁激荡回响，轰鸣声重叠交织，整个洞窟都在鸣动，都被摇撼。他们想起岛上的传说，每年旧历六月十六日至十八日，将有七尾白色的鲨鱼从这个竖坑出来兴风作浪。一想到这里，忽然感觉不寒而栗。

少年们玩的游戏，扮演的角色随时更替，敌我双方说换就换。宏和阿胜让脑袋上沾着蛛网的阿宗当"酋长"，自己也不扮演之前边境守备员的角色了，换成了印第安人的随从，向酋长请教涛声产生的可怕回响的问题。

　　阿宗也心领神会，威风凛凛地坐在蜡烛下面的岩石上。

　　"酋长，那可怕的声音是怎么回事啊？"

　　阿宗用傲慢威严的口气回答道："那声音吗？那是神灵的震怒。"

　　宏问道："有什么办法可以让神灵息怒呢？"

　　"嗯，那只能供上祭品祈求。"

　　于是，大家把从母亲那里要来或者偷来的煎饼、馒头放在报纸上，摆在可以望见水潭的岩石上面。

　　酋长阿宗从两人之间穿过，缓缓地走到祭坛前面，跪伏在石灰岩的地上，双手高举，嘴里开始念诵随口胡编的咒文，时而抬起上半身，时而弯腰祈祷。宏和阿胜在他身后，也跟他一样祈祷。冰冷的石头透过裤子，膝盖感觉到石头的生硬，在这样祈祷的过程中，宏觉得自己变成了电影里的一个角色。

　　好在神灵终于息怒，涛声稍微平静下来，三人围坐一圈，品尝神灵下赐的煎饼、馒头，那味道比平时要好吃十倍。

这时，巨大的轰鸣声突然爆发，高高的浪花从水潭底层飞溅上来。瞬间飞腾的浪花在昏暗中仿佛白色的幻影，大海让整个洞窟鸣动，大海摇晃着整个洞窟，仿佛要把在洞窟内围坐一圈的三个印第安人卷入海底。三个人终于感到害怕了。也不知道从哪里卷起来的一股风掠过岩壁梵文下面摇曳的三支蜡烛，把其中的一支刮灭了，这种恐怖无法用语言形容。

但是，这三个人平时都互相吹嘘自己胆子大，经常找机会显示自己无所畏惧的样子。出于少年这种快乐的本能，他们试图用游戏掩饰自己的恐惧心情。于是，宏和阿胜扮演的印第安人随从表演起心惊胆战、浑身发抖的动作。

"哎呀，太可怕了。太恐怖了。酋长，神灵震怒。它为什么这样勃然大怒啊？"

阿宗在石头的宝座上挺直身子，装出一副酋长式文雅地害怕颤抖的样子。由于两个人逼着他回答，他没有任何恶意地想起这两三天在岛上悄悄流传的小道消息，心想就用这个来回答，便清了清嗓子，说道："就是因为有人私通，就是因为有人不正派吧。"

宏问道："私通？私通是什么？"

"宏，你不知道吗？就是因为你的哥哥新治和宫田家的女儿初江通奸了，所以神灵才大发雷霆。"

宏觉得这话涉及自己的哥哥，一定是一件很不光彩的事情，怒不可遏，口气激烈地反问道："我哥和初江姐怎么啦？什么叫通奸啊？"

"你不知道吗？通奸，就是男人和女人一起睡觉啊。"

虽然阿宗这么说，其实他也不太懂。但是宏知道这个解释已经带有严重的侮辱性色彩，所以一下子火冒三丈，朝着阿宗猛扑过去，抓住他的肩膀，对着他的脸颊就是一拳，但是架打不下去了。因为阿宗被宏的这一拳打得跌撞到洞窟的石壁上，没有熄灭的两支蜡烛也掉到地上灭了火。

洞窟里只有一点可以模模糊糊地辨别对方脸膛的微光，宏和阿宗气喘吁吁对峙着。他们也已经明白，如果在这里继续揪斗下去，弄得不好，会发生极其可怕的危险。

"别打啦！多危险啊！"

阿胜劝架，于是大家划着火柴寻找蜡烛，然后无言地从洞窟里爬出来。

——外面阳光灿烂，攀上海岬，来到海岬背面的时候，又恢复了平时的友好气氛，他们心中的疙瘩消除了，似乎忘记了刚才打架的事，一边唱歌，一边走上海岬背面的山路小径。

    ……古里海滨岩石多

    弁天八丈丹羽滨……

古里海滨在海岬西面，这里有岛上最优美的海岸线。海滨正中央耸立着一块巨大的岩石，人称"八丈岛"，有两层楼建筑物那么大。顶上生长着偃松，有四五个顽童在松树旁边挥手叫唤。

三个人也向他们挥手回应，山路小径的周边，松树之间的草丛里，到处盛开着一簇簇红色的紫云英。

阿胜指着海岬东面的海面，说道："噢，那是绲船[1]了！"

---

1. 绲船，用一根木头凿出来的小船。

126

那一带的丹羽海滨环抱着美丽的小海湾，海湾附近停泊着三艘缯船等待涨潮。这是随着船只行进拖曳渔网的桁拖网渔船。

宏也随着"噢"了一声，和朋友一起，眯缝着眼睛眺望波光耀眼的海面。但是，刚才阿宗说的话依然沉重地压在心头，时间越长，越发感觉到沉甸甸的重压。

吃晚饭的时间，宏空着肚子回到家里。哥哥还没回来。母亲在灶间往炉口里续柴火。木材哗剥的爆裂声和灶火呼呼的风一般的声音混合在一起，只有在这个时候，做饭的香味才盖过了厕所的臭味。

宏张开手脚摆成一个大字躺在榻榻米上，叫了一声："妈！"

"什么事？"

"有人说哥哥和初江姐通奸，怎么回事啊？"

母亲离开灶台，端坐在宏身旁。她的眼睛放射出异样的光芒，加上她蓬乱披散的鬓发，显得格外恐怖。

"宏，你从哪里听来的？是谁这么说的？"

"阿宗。"

"这件事，以后不要再说了，不然很可怕的。也绝对不能对你哥哥说。你要是说了，我几天都不给你饭吃。听明白了吗？"

——母亲对年轻人的男女之情历来采取宽容的态度。她当海女那些日子，很讨厌有的人一边烤火一边议论别人的私事。但是，如果儿子的情色之事成为人们说长道短的谈资，她就要坚决捍卫，她认为有必要履行一个母亲的义务。

这天晚上，当宏睡熟以后，母亲在新治的耳边，用低声但异常有力的语气说道："你知道吗？你和初江的事，现在人们都在说你们的坏话。"

新治摇摇头，满脸通红。母亲感到有点为难，但是她毫不慌乱，以锐利的直爽单刀直入："你们一起睡了吗？"

新治又摇了摇头。

"这么说，你没有做人们背后议论你的那些事。是真的吗？"

"真的。"

"那好。既然这样的话，你什么都不要说。但是你要小心，人言可畏哦。"

然而，事态的发展并不如意。第二天晚上，当新治的母亲去参加妇女们唯一的聚会——庚申日聚会时，大家刚才还热闹议论，她一进门，立刻都闭口不语了，脸色顿时都冷漠了下来。

第二天晚上，新治去参加青年会，若无其事地一推门进去，那些在明亮的电灯泡下热烈议论的人一看到新治，一下子都默不作声。只有海潮的喧嚣声在这间萧瑟冷清的小屋子回荡，仿佛房间里空无一人。新治还是老样子，背靠墙壁，抱着膝盖坐下来，也不说话。于是大家又开始热闹起来，议论别的话题。今天难得青年会会长安夫比他先来，在桌子那头对他爽快地点了点头。新治没有怀疑到他，也微笑着点头回应。

有一天，在太平丸上吃午饭的时候，龙二很无奈地说道："新哥，嗨，我挺生气的。安哥在背后说你的坏话。"

"是吗？"

新治显示出男人的胸怀，只是默默笑了笑。船只在春天轻柔的波浪上摇荡。平时沉默寡言的十吉少有地插嘴说道："我明白了。我明白了。这个安夫是在吃醋。那家伙，仗着他老子有钱，趾高气扬，其实就是一个讨人嫌的蠢货。新治，现在你也成了一个小俊男了，所以遭人忌恨啊。新治，别放在心上。要是发生什么麻烦事，我给你做主。"

……安夫散布的流言蜚语，就这样在整个村落不胫而走，街谈巷议，但还没有传到初江父亲的耳朵里。一天晚上，村里发生了一起事件，这种事成为人们闲言碎语的谈资，恐怕一年也谈不完。事情是在澡堂里发生的。

村里无论多么富有的人家，家里都没有浴室，所以宫田照吉也一样去公共澡堂洗澡。他态度傲慢，用脑袋顶开布帘，一把剥掉衬衫，使劲扔进放衣服的篮子里。但是他扔偏了，衬衫和腰带散落在篮子外面，他不耐烦地啧着嘴，用脚趾把衣服夹起来扔进篮子里。周围的人见他这个样子，都心里害怕。而照吉觉得这是向大家显示自己老而不衰、体力尚健的为数不多的机会。

不过，这老头儿的身体的确还相当健硕。古铜色的四肢没有明显的赘肉，目光犀利，饱满宽阔的前额上是狮子鬃毛般蓬乱的白发。酒红的胸脯与白发形成了鲜明的对照。隆起的肌肉大概是久未运动的缘故，有点发硬，肌肉的上下起伏更加深了坚如磐石般的峻峭印象。

可以说，照吉是歌岛整座岛屿劳动、意志、雄心和力量的化身。他是依靠自己创业的致富者，充满着略显粗鄙野蛮的精力，他决不担任村公所的公职，这种孤高狷介的性格反而让他受到村主们的极大尊重。他擅长望天观气，准确率极高，令人惊叹，对于捕鱼、航海具有无与伦比的经验和知识，对于村落的历史和传统具有高度的自负。但是，他死板顽固，不能容人，可笑地自命不凡，上了年纪还照样动不动就干架，这些缺点抵消了他的优点。但不管怎么说，这个老人只要活着，他就会像铜像那样顽固不化地坚持自己的所作所为。

他拉开了浴池的玻璃门。

浴客不少，相当拥挤，浓浓的热气中只能朦胧地看见人们动作的轮廓。水声、木桶相互碰撞的清脆的声音、人们的笑声，在天花板上回响。经过一天劳动之后，人们的解放感洋溢在丰饶的热水里。

照吉进入浴池之前，决不冲洗身体。他从入口大摇大摆地阔步走进来，直接就把脚伸进浴池里。不管池水多么热，他都毫不介意，什么心脏、脑血管之类，对他来说，就像香水、领带一样，漠不关心。

泡在浴池的人，即使脸上被照吉身子下去的水花溅到，一看对方是照吉，也都是老老实实地点头致意。照吉一副傲慢的姿态，沉下去，一直到池水浸泡他的下巴。

在浴池边上冲洗身子的两个年轻的渔民，没有看见照吉进来，还在旁若无人地大声议论照吉的传闻。

"宫田家的照大爷也已经老糊涂了。女儿被人糟蹋了，他还蒙在鼓里呢。"

"你不觉得久保家的新治干得漂亮吗？都以为他还是个孩子呢，可人家一鸣惊人，大家都惊呆了吧。"

浴池里的浴客们不敢看照吉，不知如何是好。照吉的身体被泡得通红，但一脸平静。他从水池里上来，两手提着两只水桶，从水槽汲满水，走到这两个年轻人旁边，冷不防将两桶冷水从他们的头顶上倒下去，并朝着他们的后背狠狠踢了两脚。

被肥皂泡堵塞住半个眼睑的年轻人本想反击，但一看对方是照吉，立刻蔫了下来。老人抓住他们涂抹肥皂泡的滑溜的脖颈，拖到浴池前，使出惊人的力气将他们的脑袋互相碰撞，然后把他们摁进水里。老人粗壮的手指紧紧抓住他们的脖颈，像在水里洗东西一样使劲摇晃，互相撞击。接着，那些被吓得胆战心惊的浴客都纷纷站起来，照吉瞟了他们一眼，也不洗身子，大踏步地走出了澡堂。

第十一章

第二天，在太平丸上吃午饭的时候，师傅十吉从烟盒里拿出一张叠得很小的纸片，笑眯眯地递给新治。新治伸出手去，师傅说道："我可告诉你，看了以后，干活可不许走神啊，能给我保证吗？"

"我不是那样的人。"

新治的回答简练而坚定。

"这就好。男子汉的保证。……今天早晨我从照大爷家门前经过的时候，初江快步走出来，她什么话也没说，只是把这张纸用力塞在我手里，转身就走了。我心想自己都这把年纪了，难道还有人给我写情书，心情倒是很舒服的，打开一看，原来这上面写着新治你的名字啊。我可真傻啊，差一点把它撕碎扔进海里，不过我心想这女孩子怪可怜的，就给你带来了。"

新治接过纸条，师傅和龙二都笑了起来。

新治骨节凸起的粗壮手指小心翼翼地打开折叠起来的小纸片，生怕撕破，烟末从纸角掉落到手掌上。信件的开头用钢笔书写，但也就两三行，大概没有了墨水，改用了铅笔，字迹很淡，行文很稚拙。

　　昨天晚上，父亲在澡堂里听到有人说我们的坏话，回来以后，非常生气，不许我今后和你见面。不论我怎么解释，父亲就是这种脾气，根本听不进去。他说，晚上渔船回来以后，早上渔船出海之前，不许我外出。他还说，挑水的事，委托邻居的大娘帮忙。我现在不知道该怎么办，非常伤心，伤心透了。父亲说，休渔的日子，他一整天都要守着我，看着我。我不知道有什么办法才能见到你。你想想有什么办法没有？至于通信，邮局的那些大叔都认识我，太可怕了。我每天给你写信，把信夹在厨房前面的水缸盖子里面。新治，你的回信也夹在盖子里面。可是，你亲自来取信太危险了，最好委托一个信任的朋友代取。我回到岛上时间还不长，还没有可以信任的朋友。新治，你一定要坚强起来。我每天都对着母亲和哥哥的牌位祈祷，保佑你平安无事，身体健康。

我想，神灵一定会理解我的心情。

新治看着这封信，表情不断变化，时而因为自己与初江的爱情遭到破坏而悲伤，时而因为感受到少女的真诚而高兴，阳光和阴影在他的脸上交替出现。新治刚一看完，信件就被十吉一把抢了过去，仿佛他这个送信人天然就有看信的权利，他还念出声来让龙二听。十吉使用他的那种咏唱《浪花节》的调子来读信，他平时独自读报的时候就使用这样的调子。尽管知道他这样做没有恶意，但自己心爱的女人写来的认真严肃的信件被这样娱乐化，新治还是觉得有点感伤。

但是，十吉在读信的过程中，深受感动，好几次停顿下来，大声叹息，有时还加入感叹词感慨一番。最后，他使用平时指挥捕鱼时那种能在平静的白天海面上响彻四方的大嗓门高声说道："这女孩子好聪明啊！"

在十吉的要求下，反正船上没有旁人，都是值得信赖的两个人，新治断断续续地把自己与初江交往的过程说给他们听。他不善言辞，往往前言不搭后语，还会漏掉重要的地方，花了很长时间才把事情的经过大致说了一遍。当说到最重要的暴风雨那一天，两个人裸体相拥而未成好事的时候，平时不苟言笑的十吉也笑个不停。

"要是我啊，要是我啊！你真的是错过时机了。不过，你不近女色，也难怪。这个女孩子很厉害啊，意志坚定，对你一点也不示弱。可是呢，你也真傻，算了算了，以后把她娶过来，一天十次，那时候再弥补吧。"

龙二比新治小一岁，在旁边听着，一副似懂非懂的表情。新治不像城市里的初恋少年那样神经易于感伤，对于成年人的哄笑，他没有感觉受到伤害，反而认为是一种劝导、慰藉。推动船儿前行的轻波细浪让他的心冷静平缓，让他把事情和盘托出之后获得了宁静安然，这样的劳动场所，成为他唯一的心灵歇息之地。

龙二主动承担每天早晨取信的任务，他从家里到港口，都要从照吉家的家门前经过。

难得开玩笑的十吉说道："你从明天开始就是邮局局长啦。"

于是，每天的信件就成为三个人船上午休的话题，大家共同分享着信件内容所引发的悲伤和愤怒。尤其是第二封信，引起强烈的共愤，上面详细写了安夫在深夜的泉水旁边偷袭初江的过程，写了他说的那些恐吓的话。尽管初江恪守承诺，没有宣扬出去，但安夫为了发泄私愤，依然造谣惑众，在全村散布谣言。当照吉禁止初江与新治见面的时候，初江当即就予以解释，并且把那天深夜安夫的暴行告诉了父亲。但是，照吉对安夫没有采取任何措施，依然和安夫一家人密切来往，而初江说她看一眼安夫都觉得肮脏。最后，初江特地表明，自己绝不会给安夫任何机会，请新治放心。

龙二为新治打抱不平，新治的脸上也少有地出现了怒容。

新治说道："就是因为我家太穷。"

他从来没有说过这种泄气的话。因为自己家贫穷，所以才说出这样泄气的话，他为自己的懦弱所感到的羞耻甚至胜于贫穷，泪水一下子涌上眼眶。但是，年轻人极力绷住脸庞，强忍着意想不到的泪水，终于没有流下这没出息的眼泪。

十吉没有笑。

十吉嗜烟，有一个奇怪的习惯，每天轮换着抽烟丝和卷烟。今天是抽卷烟的日子。抽烟丝的话，就经常在船舷上叩打他的红铜烟管，结果船舷上有的地方就小小地凹陷下去。他爱惜渔船，只好不抽烟丝，改为将"新生"牌香烟插在自制的海松木烟嘴上抽。

十吉的目光从两个年轻人的脸上移开，嘴里叼着海松木烟嘴，眺望着漫天霞光的伊势海，那里隐约可见知多半岛边缘上的师崎一带。

大山十吉有着一张皮革一般的脸膛，连皱纹深处都晒得黢黑，泛动着皮革般的光泽。他的目光依然犀利敏锐，但已经没有了年轻人那样的澄明光亮，而是沉淀着一种深厚的浑浊，犹如可以经受住任何强烈阳光暴晒的皮肤。

根据他长年渔民生活的丰富经验和老成的年龄，他知道现在只能平静地等待。

"你们想什么，我知道。无非就是想把安夫狠揍一顿。可是，你们想没想过，这样做有用吗？傻人就是傻人，别去理他。新治心里难受，但是现在你要学会忍耐。就像钓鱼，要有耐心。过一段时间，情况就会好转。正确的东西，用不着说话，也一定会胜利的。照大爷可不傻，心里亮堂得很，什么是对的，什么是错的，他应该心中有数。至于安夫，就别理他。正确的东西终归是强大的。"

村里的流言蜚语随着每天运送的邮件和粮食，虽然晚了一天，但也传到了灯塔一家人的耳朵里。听到照吉禁止初江同新治见面的传闻，千代子产生了一种罪恶感，心头异常沉重。她相信，至少新治不知道谣言的源头正是她。但是，新治每次送鱼过来，都是一副垂头丧气的样子，千代子问心有愧，不敢看他。另一方面，心地善良的父母亲发现女儿莫名其妙的愁眉苦脸的样子，也不知所措。

千代子的春假即将结束，准备回东京。她无法亲口承认谣言的源头出于自己，可是如果得不到新治的宽恕谅解，她也不能心安理得地返回东京，她的心情陷入一种荒谬的纠结。既不想把自己的罪愆告诉别人，又想得到并没有怨恨自己的新治的宽恕。

准备返回东京的前一天晚上，千代子住在邮局局长家里，第二天拂晓，她赶在出海之前独自来到热闹的海滨。

人们在星光下忙碌着，把船只放在"算盘"上，一起大声吆喝着一点点往水里推下去。只有男人们缠在额头上的手巾和毛巾显得比较醒目。

千代子的木屐深一脚浅一脚地踩着冷飕飕的沙子。沙子从她的脚背无声地落下去。大家都在忙着出海的准备，谁也没有注意到千代子。千代子想到人们为了生计，每天都要在这种单调然而强有力的旋涡里奋战，他们的身体和内心都燃烧着炽烈的火焰，没有人像自己这样只热衷于关心感情问题，不由得有点羞愧的感觉。

但是，千代子还是极力透过拂晓的黑暗，寻找着新治的身影。在她眼里，人们的装束姿态几乎都一样，实在难以分辨出来。

这时，终于有一艘船推进水里，轻松地漂浮在水面上。

千代子情不自禁地走过去，叫着头缠白毛巾的年轻人的名字。那个年轻人正打算登船，回过头来，笑脸中露出那一口洁白光亮的牙齿，千代子立即就知道是新治。

"我……今天要回东京，想来和你说一声再见。"

"是吗？"新治没有说下去，好像不知道说什么好的样子，用不自然的口气说道，"那……再见。"

新治急着出海。千代子知道他的心情，她比新治更着急。她说不出话来，更不能坦承自己的过错。她只是闭着眼睛，祈祷新治能在自己的跟前多待一会儿，哪怕多待一秒钟。她知道，祈求他宽恕的心情，其实不过是一种戴着假面具的希望——长期以来想感受他的亲切的希望。

千代子希望他宽恕自己什么呢？这个少女认为自己长得丑，在这个瞬间，一直压在心头的那个最想知道答案的问题，也是只能对着同样的年轻人才能发问的问题，不由自主地脱口而出："新治，我就那么丑吗？"

"嗯？"

完全出乎年轻人的意料，新治确认了一遍这个问题。

"我的长相，就那么丑吗？"

千代子希望在黎明前的夜色遮盖下，自己的容貌能显得好看一些。然而，东边的海上，曙光已经无情地初露。

新治立即做出了回答。他心里着急，这样避免了因迟缓回答而伤害少女的心灵。

"说什么呢？你长得很美啊。"新治一只手放在船尾，一只脚做出一跃上船的姿势，"很美啊！"

谁都知道，新治不会恭维别人，不过，今天是突如其来的问题，他也就随机应变地做出了恰当的回答。船只开始起航。他从渐行渐远的船上愉快地向她挥手。

海滩上只剩下满心幸福的少女。

……这一天早晨，千代子在与从灯塔下来送行的父母亲话别的时候，脸色发光，满面喜色。灯塔长夫妇感到惊讶，女儿回东京怎么会这么高兴呢？当轮渡神风丸离开码头，温暖的甲板上只剩下千代子一个人的时候，一大早就不断回味的幸福感在孤独中变得完美。

"他说我很美！他说我很美啊！"

从这个瞬间开始，千代子在心里反复独白，不厌其烦地重复了几百遍。

"他真的是这么说了啊。这就够了，我对他没有更多的期待。他真的这么说了。我这就感到满足了。我不能进一步期望让他爱我。他已经有了心上人。我为什么要干那种缺德的事呢？大概是出于我的嫉妒吧。这使他陷入了何等不幸的境地啊！然而，他对我的背叛，却以'很美'来回报我。我必须补偿……我想通过我的力量尽量报答他……"

——波涛送来的不知来自何处的歌声打破了千代子的思绪，原来从伊良湖海峡方向驶来很多挂满红色旗帜的船儿，歌声正是从这些船上传过来的。

千代子问正在卷缆绳的年轻的船长助手："那是什么？"

"那是开去参拜伊势神宫的船儿。从骏河湾的烧津、远州方向开来的钓鲣鱼的船，船员们都带着家眷到鸟羽来了。船上插着很多红色长条旗，上面写着船名，他们在船上又吃又喝，又唱又赌。"

红色长条旗逐渐清晰起来，这些远洋渔船航速快，接近神风丸的时候，随风飘来的歌声简直就是噪声。

千代子心里不断地重复着："他说我很美啊！"

第十二章

忙忙碌碌之中，已是暮春时节。树木葱茏蓊郁，虽然东面岩壁上丛生的文殊兰花期尚早，但岛屿四处已经被各种花点缀得五彩缤纷。孩子们开始上学了，一些海女冒着寒冷的水温潜入海底采摘起了裙带菜。于是，空屋人家多了起来，白天也不锁门，窗户都敞开着。蜜蜂喜欢这样的空房子，可以自由自在地进来造访。在空荡荡的家里随心所欲地飞翔，直接撞到镜子上，这时的蜜蜂大概会大吃一惊吧。

新治不会动脑子，一直没找到与初江见面的合适方法。以前两人虽然幽会的次数很少，但期盼下一次见面的等待本身也让人喜悦，现在一想到根本无法见面，思念之情便日益强烈。既然自己对十吉发过誓，不能影响出海捕鱼，只好每天夜晚上岸以后，夜深人静之时，在初江家周围转来转去。初江时常打开二楼的窗户，探出头来。她的脸除了月明之夜在月光映照下可以看见，平时都被遮挡在重重暗影里。但是，凭着年轻人良好的视力，甚至可以看见她湿润的眼睛。因为害怕被左邻右舍听见，初江也不敢说话，所以新治只能从后院小田地的石墙背后，默不作声地和少女四目相望。这种短暂幽会的痛苦，初江在第二天龙二带来的信函中都会仔细地诉说。看了初江的信，她的声音和身影才会在新治的脑子里重叠在一起，昨晚见到的初江默默无言的形象，和从信中获得的她的声音和动作，结合成一个活生生的初江。

新治对这样的幽会感到痛苦，夜间总是独自在岛上没人的地方徘徊，借以排解心中的郁闷。有时候他还去岛屿南端的"DEKI 王子"[1]的古坟。古坟没有明显的界线，顶上有七棵古松，其间有小小的牌坊和小神社。

1.DEKI 王子（原文为デキ王子），据鸟羽市观光信息网站记述，此人为后醍醐天皇的八个王子之一，流放到岛上来。还说岛上有四位王子的坟墓，但其他三位无从寻找，唯有这一个像是古坟。另据《万叶集》记载，天武天皇时代，麻绩王被流放到因幡，其子有一人被流放到伊势国的伊良虏岛（伊良湖岬或鸟羽市的神岛）。但《日本书纪》《常陆国风土记》的记载不尽相同。

有关"DEKI 王子"的传说也是含糊不清。甚至连"DEKI"这个奇怪的名字究竟是什么地方的语言都不清楚。以前，在阴历正月举行的古老的祭祀仪式上，有一对六十多岁的老夫妻会稍稍打开一个奇异的盒子，可以窥见里面有一件像是笏一样的东西，可是这个秘密的珍宝与王子有什么关系，无人能说清。据说前一代人的时候，岛上的孩子把母亲叫作"EYA"，这是因为王子本把妻子叫作"HEYA"[1]的，王子年幼的孩子却叫成"EYA"，于是以讹传讹地流传下来。

　　传说古代某个遥远国度的王子乘坐黄金船漂流到了这个岛上。王子娶了岛上的姑娘为妻，死后被埋在岛上的陵园里。有关王子生平的传说没有流传下来，也没有所谓的对王子身世穿凿附会、编造杜撰的任何悲剧性的故事。这大概暗示着，即使王子的生平传说确有其事，但是他在歌岛上的一生极其幸福，不可能产生悲剧性的故事。

---

1. 此处原文为"部屋"（日语发音为 HEYA），意为"房间、屋子"。

"DEKI 王子"大概是下凡到这块本不知名的土地上的天使。王子在人间平静地度过一生，他的生涯无人知晓，但幸福和天宠任何时候都没有离开过他。于是，他的尸骸深埋在可以鸟瞰美丽的古里海滨和八丈岛的陵墓里，没有留下任何故事。

然而，不幸的年轻人在小神社旁转悠徘徊，累了就坐在草地上，抱着双膝，眺望月光下的海面。月有晕圈，这是明天下雨的预兆。

第二天早晨，龙二去取信的时候，发现初江为了信件不被雨淋湿，就把信放在水缸盖子的角上，上面还盖着一个脸盆。今天出海，下了一整天的雨，新治拿到信件后，在午饭休息的时候，用雨衣盖着看信。字迹凌乱，有的地方难以辨认。初江说怕早晨开灯被怀疑，所以是在被窝里摸黑写的。平时她都是白天闲下来的时候写信，赶在第二天早晨出海之前"投递出去"，但是今天早上有事想告诉新治，就把昨天写的长信撕掉了，这是重新写的信。

初江在信上说，她做了一个好梦，梦见神灵告诉她，新治就是"DEKI 王子"的化身，以后会和初江幸福地结婚，生下如珠似玉的孩子。

新治昨晚参拜了"DEKI 王子"古坟，按说初江是不知道的。这简直是不可思议的天人感应，新治大为感动，打算今晚回家以后，给她写一封长信，以证实初江吉梦占卜的灵验。

新治干活挣钱以后，母亲用不着在海水还冰凉的时候去当海女了，可以等到六月天气暖和以后再去潜水。但是，母亲是一个闲不着的人。随着天气转暖，光是家务事也没多少，闲着没事，于是一有时间就开始琢磨别的事情。

她最为惦念的还是儿子的不幸。比起三个月前，新治好像判若两人，虽然还是沉默寡言的老样子，但是洋溢在年轻人脸上的青春活力消失得无影无踪。

一天，母亲上午缝缝补补，干完针线活，午后就感觉闲得无聊，心想，有没有什么方法可以弥补儿子的不幸呢？自己的家照不进阳光，但是隔着邻居土窑的屋顶，可以望见一些暮春时节风和日丽的天空。她决定出去走走。来到堤坝上，眺望着轻波细浪。她也和儿子一样，想问题的时候总是和大海商量。

堤坝上铺满了系短蛸罐的绳子，让太阳晒干。海滩上看不见船只，铺着要晒干的渔网。母亲看见一只蝴蝶从摊开的渔网那边兴冲冲地朝堤坝飞来，是非常漂亮的大黑凤蝶。蝴蝶大概是在渔具、沙地、混凝土地上寻找什么新奇的鲜花吧。渔民家没有像样的庭院，只有沿着小路用石头圈围起来的小花坛，蝴蝶大概对那里稀稀落落的花儿已经失去兴趣，才飞到海滩来的吧。

堤坝的外侧，波涛无休无止地搅动着底部，所以沉淀着土黄色的浊水。浪头袭来的时候，浊水便冲立起来。母亲看见蝴蝶离开堤坝，飞到黄浊的海面上，似乎想停住翅膀不动，却又高高地飞舞上去。

"这蝴蝶真有意思，想模仿海鸥吧。"

这么一想，她的思绪完全被蝴蝶吸引了过去。

蝴蝶往上飞去，想迎风离开岛屿。尽管是轻微的风，但对于蝴蝶柔嫩的翅膀还是具有相当的阻力。但是，蝴蝶还是高飞而去。母亲凝视着晃眼的天空，直至蝴蝶变成一个黑点。蝴蝶一直在母亲的视野里翩翩飞舞，但是，蝴蝶大概被大海的辽阔和光耀所迷惑，它眼中所看到的旁边岛屿的影子看似很近其实很远，根本飞不过去，于是绝望地在海面上低回飘舞，最后还是返回到堤坝上来，落在太阳照晒的渔网的阴影上，给那里添加上一个粗大的蝴蝶结，收起翅膀歇息。

母亲不迷信，不相信任何暗示，但是这只蝴蝶的徒劳心机给她心头蒙上了阴影。

"蝴蝶真傻啊。要是想去远处的话，停在轮渡上不就轻轻松松去了吗？"

母亲在岛外面无事可做，她已经好几年没有乘坐过轮渡了。

——新治的母亲，不知何故，这时忽然产生一种鲁莽的勇气。她迈着坚定的脚步迅速离开堤坝。路上遇见一个海女，海女向她打招呼，她也不回应，好像想着什么心事，一个劲儿地往前走，让对方大吃一惊。

宫田照吉是村里的首富。他家的房子是新盖的，但并不比周围人家的房子高大豪华。既没有大门，也没有石围墙，入口的左侧是厕所的淘粪口，右侧是厨房的窗户，恰似女儿节的偶人台上相对摆放的左大臣和右大臣，堂堂正正地表明二者具有相同的资格，这一点和别人的家庭没什么两样。只是因为房子建在斜坡上，用作库房的地下室使用混凝土建造，非常结实坚固地支撑着房子。地下室的窗户紧贴着小路。

厨房门口的旁边放着一口可容一个人的大水缸，盖着木盖，初江每天早晨都把信夹在上面。木盖看上去是为了防止灰尘掉落水里，可是到了夏天，仍然免不了有蚊子、飞虫掉进去，经常有虫子的尸骸浮在水面。

新治的母亲本想从入口进去，但犹豫一下，停下了脚步。平时和宫田家没有来往，今天前来造访，光这一点就足以让全村的人说三道四。她环视四周，没有人影，只有两三只鸡在小路上游逛，透过后面人家稀疏的杜鹃花之间的叶子空隙可以看见远处蔚蓝的大海。

母亲用手按了一下头发，刚才被海风吹得凌乱，于是从怀里掏出缺了很多齿的红色赛璐珞小梳子，麻利地梳了几下头发。身上穿的就是普通的衣服，不施粉黛，被太阳晒黑的胸口，满是补丁的裙裤，没穿袜子，光脚穿着木屐。海女从海里浮上来时有一个踢蹬海底的习惯，脚趾经过几次受伤后变得坚硬结实，硬化成锐利弯曲的脚指甲，尽管这种形状并不美，但踩地行走的确踏实稳健。

她走进土间。土间里散乱着两三双木屐，其中有一只翻了过来。有一双红色带子的木屐，像是去过海滩，上面还留着湿沙子的脚印。

家里寂然无声，飘散着一股厕所的臭味。土间周边的房间都是黑乎乎的，但里面房间的正中间，从窗户射进来一束艳黄色的包袱皮大小的明丽阳光。

母亲打了一声招呼："对不起……"

没有人回应。过一会儿，母亲又说了一遍。

初江从土间旁边的楼梯走下来，说道："哎哟，伯母。"

她穿着朴素的裙裤，头发上系着一条黄绸带。

母亲恭维了一句："好漂亮的绸带啊！"

她一边说着一边目不转睛地端详这个让儿子朝思暮想热恋的姑娘。也许是心理作用，初江的脸色看上去有点憔悴，皮肤略显发白，这反而衬托得黑眼珠澄澈如水，晶莹透亮。初江知道新治母亲在观察自己，顿时满脸绯红。

母亲对自己的勇气很有自信，她要当面向照吉申诉自己儿子的无辜，表明两人的真情相爱，让他们如愿以偿。她认为，除了双方家长的协商，没有其他解决的途径……

"你爹在家吗？"

"在。"

"你转告他，说我有事想和他谈谈。"

"好的。"

少女表情不安地走上楼梯。母亲坐在入口处的横框上。

母亲感觉等的时间很长。她想，要是带烟来就好了。在等待的时候，她的勇气开始萎缩，她终于明白，自己的希望其实就是痴心妄想。

静悄悄的楼梯传来嘎吱嘎吱的声音，初江走了下来。但是，她没有走到最下层，而是站在楼梯一半的地方，稍微扭着身子。楼梯比较暗，她低着脑袋，所以看不清楚她的脸，说道："嗯……爸爸说他不见。"

"不见？"

"啊……"

母亲的勇气被这个回话完全挫败，产生的屈辱感又激发起另一种强烈的情绪，一辈子的辛苦劳累、成为寡妇以后难以言喻的艰辛窘迫，顿时涌上心头。于是她几乎是唾沫横飞、怒气冲冲地说道："那好，他是说不见我这个穷寡妇，他是说不要我上门来，是吗？你告诉他，我把话说在前头，我再也不会上你家来了。"

她一边说着，身子已经一半出了门口。

母亲不打算把这次失败的过程告诉新治，如果把气撒在初江身上，痛恨初江，说初江的坏话，反而会和儿子发生冲突。第二天一整天，母子之间没有说话，但过了一天，又重归于好，母亲憋不住想对儿子哭诉，把去照吉家访问受挫的情况告诉了儿子。其实新治从初江的来信中已经知道了这个情况。

母亲诉说的时候，没有说出自己最后那一段冲口而出的气话，而初江为了不伤害新治的心，也没写那些话。新治心头感受到母亲吃闭门羹的屈辱。年轻人心地善良，他认为母亲即使抱怨初江，虽然不能说这样就对，也是可以理解的。他没有向母亲隐瞒自己对初江的爱恋，但是决定以后只告诉船主和龙二两个人。

母亲善意的行动失败以后，陷入了孤独。

发生这件事以后，幸好没有休渔日，不然的话，见不到初江的漫长的一天实在难熬。他们二人一直没有幽会的机会，不觉到了五月。一天，龙二带了一封让新治欢天喜地的信函。

明天晚上，父亲难得要请客吃饭。是从津市的县厅来的客人，住在我家里。父亲只要一宴请客人，都会喝得酩酊大醉，很早就睡觉。我想，夜里十一点左右，我可以溜出来，应该没问题。你在八代神社里等着我⋯⋯

这一天出海归来以后，新治换上了新衬衣，什么话也没告诉母亲，母亲只是战战兢兢地看着他，感觉儿子和暴风雨那一天的神态差不多。

新治深知等待的痛苦，要是让女方等自己该多好，但是，这是绝对不行的。母亲和弟弟一上床，他就到外面去了。离十一点还有两个小时。

他想去青年会消磨时间，海边小屋还亮着灯，听得见年轻人说话的声音，他觉得是在议论自己的流言，便没有进去，走开了。

走上夜间的堤坝，年轻人吹着海风，想起第一次听十吉讲述初江身世的那天傍晚。他在看着一艘白色的货轮在海平线暮云前行驶的远影时，感觉一种不可思议的激动。那是"未知"。在远望未知的时候，他的心是平静的，但是，一旦乘坐未知出海，不安、绝望、混乱、悲叹就会交织在一起涌上心头。

现在，他本应该为今晚的喜悦而振奋精神，却有一种受挫后无法动弹的感觉。今夜和初江见面，她将会迫切要求自己尽快设法解决。会是私奔吗？可是两个人都居住在孤岛上，如果乘船出走，新治没有自己的船，而且首先也没有钱。会是殉情吗？岛上以前也有人殉情过，可是那两个人是只考虑私利的利己主义者，有着坚定信念的年轻人拒绝这样做。他从来就没有出现过死的念头，无论如何，他必须养家糊口。

他思前想后，发现时间过得很快，本来不善于思考的年轻人，突然发现思考问题具有消磨时间的效果，感到惊讶。但是，意志坚定的年轻人猛然停止了思考。因为不管思考有什么奇特的效果，他首先看到了这个新习惯带来的迫在眉睫的极大危险。

新治没有手表。其实说起来，他不需要钟表。不论白天黑夜，他有一种奇异的才能，能够本能地知道时间。

例如观察星辰的运行，用不着特别精确的测量，从星辰的运行中就能大致体会出昼夜的大循环。只要自己置身于与大自然相关联的运行中，就能知道大自然准确的秩序。

现在，新治坐在八代神社社务所入口的石阶上，已经听过了十点半报时的一声钟鸣。神官一家人都已经入睡，年轻人把耳朵贴在挡雨板上，数着挂钟悠悠敲响的十一下钟声。

年轻人站起身来，穿过黑暗的松林树影，站立在两百级的石阶上。没有月亮，薄云遮天，只有稀稀落落的星星眨着眼睛。石灰岩的石阶依然凝聚着夜的全部微光，在新治的脚下如挂着一道巨大的、庄严的白色瀑布。

辽阔的伊势海完全隐没在夜色里，知多半岛和渥美半岛有·些稀疏的灯火，相比之下，宁治山田一带的灯光相对集中，连成一片，璀璨耀眼。

年轻人为自己的新衬衫感到自信，这种鲜明的白色，即使从两百级石阶的最下层也能看得很清楚。石阶在一百级的地方，被左右两边伸出来的松枝所掩映，形成一片暗影。

……石阶下面出现一个小小的人影。新治兴高采烈，心潮澎湃。人影登上石阶，一路奔跑上来，木屐的声音在黑暗中发出与小小的人影不相称的巨大回响。但看不出她气喘吁吁的样子。

新治按捺住自己想跑下去的念头。既然等待了这么久，自己有权利在最上面悠然等待她的到来。等到能看得见脸部的地方再跑下去吧？他抑制住想大声呼喊她名字的冲动。在哪里能清晰地看见她的脸呢？大概在第一百级的石阶那个地方吧。

而就在这时，新治听见脚下传来异样的怒吼声。愤怒的声音的确是在叫喊初江的名字。

初江在第一百级石阶稍微宽敞的地方猛然停住脚步。看得出她的胸脯在激烈起伏。藏身在松树背后的父亲突然走出来，一把抓住了女儿的手腕。

新治看见父女俩进行了几句激烈的争论。他站在石阶最上头，像被绑住一样，呆然直立，动弹不得。照吉瞧也不瞧新治一眼，抓着女儿的手走下石阶。年轻人束手无策，脑袋也处于半麻木的状态，像卫兵一样在台阶上伫立不动。只见父女俩走下石阶，向左拐去，不见了身影。

第十三章

每到海女潜海的季节，岛上的年轻姑娘，就像城市的孩子面对学期考试一样，怀着不情愿的心情。她们从小学二三年级就开始学习，先是从在海底捡石头的游戏开始，加进竞争意识，就自然而然地上进。但是，一旦进入这一行，原先随性的游戏变成严峻的工作，年轻的姑娘谁都觉得害怕，一到春天，就开始讨厌夏天的到来。

　　冰凉、憋气，潜水镜进水时那种无法言喻的痛苦，还有两三寸就能挖到鲍鱼时浑身震颤的恐惧和虚脱感，还有各种伤病、踢蹬海底浮上来时脚趾被尖锐的贝壳划伤、潜水过度后铅一般的倦怠……这一切都在记忆中不断地重复反刍，越来越让人感到害怕恐惧，甚至在酣睡中，惊惧的噩梦都会突然把姑娘们惊醒，她们经常在平静安全的寝室中，透过周边的黑暗，看到自己掌心上的一大把汗水。

有丈夫、上年纪的海女们和年轻姑娘大不相同，她们一上来就大声唱歌，大声说笑，好像工作和娱乐完全浑然一体的状态。年轻的姑娘看见她们这个样子，心想自己绝对不会成为她们这个样子；但没过几年，姑娘们发现自己也变成了开朗老练的海女中的一员，自己也感到吃惊。

六七月间，是海女工作的旺季，她们的根据地就是弁天岬东面的丹羽海滨。

这一天，虽然还没有入梅，但烈日炎热的程度已经超过了初夏这个季节。海滨上点燃了火堆，烟雾顺着南风朝王子古坟方向飘去。丹羽海滨环抱小小的湾口，湾口直接注入太平洋。海面上空升腾起夏日的白云。

小小的湾口如同庭园的结构，环绕海滨的岩石多半是石灰岩，布局奇特，错落有致，仿佛就是专门给模仿美国西部电影游戏的孩子们藏身开枪而布置成这样的，而且表面光滑，到处都有小手指那么大的洞穴，那是螃蟹、滨虫的居家。石灰岩环绕的沙滩十分洁白，临海的左边山崖上，盛开的文殊兰开着的不是那种凋零期凌乱的花儿，而是将一种肉感的、葱白一样的花瓣伸向湛蓝的天空。

午休时候，海女们围在火堆旁谈笑风生。沙子还不至于热得烫脚，虽然海水有点冷，但还不到上岸后急急忙忙穿棉袄烤火的程度。大家高声谈笑，一个个互相炫耀地挺着结实丰满的乳房，有的人用双手把自己的乳房托起来。

"不行，不行，必须把手放下来。用手捧起来，就显得大，那是骗人的。"

"用手捧起来就是骗人吗？说什么呢？"

大家都笑了起来。海女们互相比赛乳房的形状。

所有的乳房都被太阳晒成了黑褐色，没有了透着神秘的白皙，更看不到静脉，连她们的肌肤似乎也看不出具有特别的敏感性。但是，太阳在她们黑褐色的肌肤里滋养着蜜一般半透明的光润色泽。乳头四周乳晕的淡影与肌肤的颜色自然而然地连成一体，并不能说只有那一处才含带着黑色滋润的秘密。

堆挤在火堆周边的许多乳房，有的已经干瘪，有的又干又硬，只有乳头还像葡萄干那样残留着昔日的影子。

总的来说，她们发达宽厚的胸脯上，乳房不会下垂，依然结实地保留在宽大的胸脯上。这表明海女们的乳房都毫不羞臊地暴露在太阳底下，像果实一样培育到现在。

一个姑娘为自己左右两边乳房的不一般大而发愁，一个老太婆直率地劝慰她："你用不着担心，以后让你的男人揉一揉就好了。"

大家都笑了起来，但姑娘还是有点担心，问道："阿春婆，你说的是真的吗？"

"当然是真的。以前也有这么一个女孩子，有了男人以后，两边就一样大了。"

新治的母亲为自己丰满圆润的乳房而深感自豪，与有丈夫的同龄人相比，她保养得最鲜嫩丰润。仿佛她的乳房不知道爱的饥渴和生活的艰辛，在整个夏天，乳房总是直接面对太阳，从太阳直接吸取无穷无尽的力量。

年轻女子们的乳房，还不至于让她感到嫉妒。然而，唯有初江的一对美丽的乳房，不仅让新治的母亲，也让所有海女都交口称赞。

今天是新治的母亲第一次出海，也是第一次有机会能够仔细地观察初江。自从上一次在初江家里说了一番气话以后，两人见面，只是交换一下目光，算是互相致意。初江本来话语不多，今天也是忙忙碌碌，大家各忙各的，开口说话的机会并不多。即使在比较乳房的时候，也都是以年长的女人为主，新治的母亲本来就拘谨，不想把话题引到初江身上。

然而，一看到初江的乳房，新治的母亲就断定，用不了多久，有关她与新治之间的流言恶语就会销声匿迹。任何女人只要看一眼这对乳房，就会毫无疑义地认定这是绝对没有得到男人开发的乳房，如含苞欲放的蓓蕾，会让人觉得一旦绽放，将是一袭何等美妙无比的酥胸。

将蔷薇色的蓓蕾支托起来的是一对挺拔丰满的乳峰，而乳沟荡漾着早春的气息，经历风吹日晒的肌肤依然纤细与柔滑，并没有失去一抹凉爽。与四肢均匀健壮的发育同步，乳房的发育也不甘落后，完美俊俏，相得益彰。还带有几分青涩生硬的丰隆乳房仿佛正在浅睡，随时都会醒来，哪怕只是羽毛轻柔的触碰，只是微风温情的爱抚，就会马上苏醒。

如此健美的处女乳房，丰盈的形状美不胜收，阿春婆用她粗糙的手碰了一下，吓得初江跳起来。

大家都笑起来。

"阿春婆那是懂得男人的心情。"

老大娘用双手揉着自己皱巴巴的乳房,大声说道:"说什么呢?那是青桃子,我这是熟透了,味道更美。"

初江笑了,摇晃着头发。一片透明的绿海藻从头发上掉下来,落在晃眼的沙子上。

大家正在吃午饭的时候,一个熟悉的男人瞅准了这个时刻从岩石背后转出来。

海女们故意大声惊叫起来,把竹皮的饭盒放在一旁,双手捂住胸部。其实她们一点儿也没有吃惊。这个男人是专门在海女潜水的季节到岛上卖东西的年老行商,海女们戏弄这个老头儿,故意装出害羞的样子。

老头儿穿着皱皱巴巴的裤子、敞口白衬衫,背着大包袱,在岩石旁把货箱卸下来,擦着汗水。

"干吗这么惊慌啊?要是我来这儿不方便,回去就是了。"

他嘴上故意这么说,其实他明白,把自己的货物摆在沙滩上,最能勾起海女们的购买欲望。在沙滩上海女们十分大方。她们在这里挑选货物，看上的话，晚上小贩把东西送到家里，再收钱。另外，海女们喜欢在阳光底下分辨挑选衣服的色彩。

老行商在岩石的背阴处把包袱皮打开，海女们嘴里还塞着食物，在货物旁围成一圈。

有单衣、简便连衣裙、童装，还有和服单层腰带、裤衩、衬衫、和服绦带，等等。

老行商打开木箱，里面是装得满满的东西，海女们不约而同地发出赞叹声。都是非常漂亮的日用品，蛙嘴式小钱包、木屐带、塑料手提包、绸带、胸针等，琳琅满目。

一个年轻的海女直率地说道："都是大家想要的东西啊。"

于是，许多黑乎乎的手指伸出来，仔细地摆弄端详这些货物，互相交换意见，还争论自己使用是否合适，还有的讨价还价。最后，近一千日元的棉单衣两件、混纺的和服单层腰带一条，还有许许多多小杂货都卖出去了。新治的母亲买了一个两百日元的塑料购物袋。初江买了一件适合年轻人的白地印染牵牛花纹饰的单衣。

老行商没想到生意这么好，十分高兴。他瘦骨嶙峋，从开襟衬衫的领口可以看见他被太阳晒得黪黑的肋骨，花白的头发理得很短，从脸颊到太阳穴一带已经沉淀有一些黑色的斑点，被烟草的污垢熏黄的牙齿稀稀落落。因为说话漏风，听不清楚，大声说话的时候，更是让人不知所云。但是，从他脸颊痉挛般抖动的笑容、夸张的动作中，海女们知道这个老行商奉行优质的服务精神，力图做出一副不是"贪得无厌"的奸商的样子。

老行商伸出小指指甲很长的手在堆满小杂货的木箱里迅速拨弄几下，取出两三个漂亮的塑料手提包。

"瞧，蓝色的适合年轻人，茶色的适合中年人，黑色的适合老年人……"

"我应该买适合年轻人的吧！"

阿春婆插了一句话，把大家逗乐了。老行商便扯着嗓门喊道："最新款的塑料手提包，一个正价八百日元。"

"噢……太贵了。"

"反正会减价的。"

"一口价，八百日元。另外，我还拿出一个，免费送给一位女士，作为对大家热情光顾购物的酬谢。"

于是，海女们都天真地伸手，但是老行商手势夸张地拂开她们的手。

"就一个。就给一个。为了祝福歌岛村的繁荣，我近江屋颁此大奖，出血酬谢。谁都可以，谁赢了，就送给谁。年轻人赢了，就送蓝色的；中年人的太太赢了，就送茶色的……"

海女们都憋足了劲儿，弄得好的话，可以白得一个价值八百日元的手提包。

老行商从人们的沉默中获得了收买到人心的自信。他以前曾当过小学校长，后来因为男女问题丢了职务，沦落到这种地步，他还想当一回指挥调动人的角色。

"反正是比赛，为了我受到恩惠的歌岛村的繁荣而比赛。大家说怎么样？就是比赛挖鲍鱼。一个小时之内，谁挖到的鲍鱼最多，就把奖品送给谁。"

他又在另一块岩石的背阴处整整齐齐地铺上一块包袱皮，然后郑重其事地把奖品摆放在包袱皮上。其实奖品也就值五百日元左右，但必须实实在在地打出八百日元的价格。奖给年轻人的手提包，是像刚刚下水的新船那样鲜艳的蔚蓝色，镀金的金属扣闪闪发光，形成十分美妙的对照。奖给中年人的手提包，是模仿鸵鸟皮革那样的茶色，十分考究，乍一看还以为是真正的鸵鸟皮革，难以分辨。奖给老年人的黑色手提包，形状是横长的船形，配上金色的细长金属扣，做工精美，显得高雅。

新治的母亲想得到茶色的中年人的奖品，于是第一个报名。

接着，第二个报名的是初江。

乘坐着八个报名的海女的船只离开了海岸。掌舵的是一个胖乎乎的中年海女，她没有参加比赛。八个人中就初江属于年轻人。其他年轻的海女知道自己赢不了，都声援初江。留在海滩上的海女们都声援各自喜欢的选手。船只沿着海岸由南往岛的东面驶去。

留在海滩上的海女们围着老行商唱起歌来。

海湾清澄湛蓝，可以清晰地看见，布满红色海藻的圆形岩石在波浪没有侵袭的时候，仿佛浮在水面上。其实，这些岩石在海里相当深的地方，波浪在上面通过的时候会翻卷起来。而波纹、曲折的水路、浪花的泡沫，都在海底的岩石上投下它们的影子。波浪涌动上来，在岩石上摔成碎片，于是整个海滩像长叹一口气似的发出一阵高涨的喧嚣，盖过了海女们的歌声。

一个小时过后，船只从东面的海回来。因为是比赛，她们要付出比平时多十倍的体力，八个赤裸着上半身的海女筋疲力尽地互相依靠在一起，各自眺望着不同的方向。一头蓬乱的湿发与身边人的头发缠绕一起，难以分开。还有两个人大概是感觉寒冷的缘故，互相抱在一起。她们的乳房都冷得起鸡皮疙瘩，在透明耀眼的阳光下，黢黑的裸体看上去竟像一群煞白的溺死者。这没有一点声音默默驶进来的船只与海滩上热闹迎接她们的景象很不相称。

八个海女下了船，立即坐在火堆旁边，身子像散了架一样倒在沙子上，谁也没有力气说话。老行商拿过她们的水桶，一个一个地检查，大声点数。

"二十只。初江第一名。"

"十只。久保太太第二名。"

第一名和第二名，初江和新治的母亲用疲惫充血的眼睛对视了一眼。岛上最老练的海女输给了在外地锻炼的技术精湛的年轻海女。

初江默默站起来，走到岩石后面领奖品。她走出来的时候，手上拿着茶色手提包。少女把手里的奖品塞给新治的母亲。新治的母亲喜形于色，满脸红潮。

"怎么给我呢……"

"前些日子，父亲对您说了失礼的话，我就一直想着要给您赔礼道歉。"

老行商喊道："真是个懂事的好闺女。"大家也都异口同声地称赞初江，劝新治的母亲收下这份深厚的情意。新治的母亲用纸小心地把茶色的手提包包好，夹在裸露的腋下，非常开心地致谢道："谢谢。"

母亲率直的心，坦诚地接受了少女的谦让。少女微微一笑。母亲觉得儿子挑选了一个贤惠的媳妇。——这就是岛上的人情世故。

第十四章

入梅以后的这段时间，新治每天都很难受，因为没有了初江的信件。初江的父亲之所以在八代神社阻拦他们见面，肯定是发现了女儿在偷偷写情书，于是严禁女儿再写信。

　　梅雨季节还没过去的时候，一天，照吉家的机帆船歌岛丸的船长来到了岛上，平时歌岛丸停泊在鸟羽港。

　　船长先去照吉家里，然后又去安夫家里。入夜以后，船长来到新治的船主十吉家里，最后来到新治家里。

　　船长四十多岁，有三个孩子，是个彪形大汉，力大无比，但为人温和。他是一个虔诚的法华宗信徒，阴历盂兰盆节的时候，只要他在村里，就会代替和尚诵经。船员们嘴里的"横滨大娘""门司大娘"这些人，全都是他的相好。到了这些相好所在的港口，船长就拽着年轻船员去这些相好家里喝酒。各地的相好虽然衣着朴素，但都尽力款待船长的年轻朋友。

人们在背后议论船长，说他就是因为玩女人，才把脑袋玩秃顶了。所以，船长平时总是戴着金丝缎的制帽，显得仪表堂堂的样子。

船长一进门，就开门见山，立刻和母亲、新治商量事情。这个村落十七八岁的年轻人都要当"伙夫"，这是成为正式船员锻炼的第一步。所谓"伙夫"，就是甲板的见习船员。新治差不多也到了这个年龄。船长问他们愿不愿意到歌岛丸上当"伙夫"。

母亲没吱声。新治回答说这事要与十吉商量后才能定。船长说，如果需要十吉同意的话，他已经同意了。

不过，新治觉得有点蹊跷。因为歌岛丸是照吉家的船。按理说照吉不可能让他痛恨的新治上自己的船。

"不，照大爷也认为你会成为一名好船员。只要你愿意，照人爷会同意的。好了。以后你就尽心尽力，好好干吧。"

为慎重起见，新治和船长一起到十吉家里，十吉也是大力支持。他说新治离开太平丸是一个重大损失，自己也不愿意，但不能耽误年轻人的前程。这样，新治就表示同意了。

第二天，新治听到一条奇怪的消息，说是照吉决定让安夫也到歌岛丸上当"伙夫"。安夫不想来，据说是照大爷开出让安夫和初江订婚的条件，安夫才勉强答应上船锻炼。

听到这个消息后，新治的心里充满不安和悲伤，但同时也产生了一线希望。

新治和母亲一起去参拜八代神社，祈祷航海平安，求了一个护身符。

当天，在船长的陪同下，新治和安夫登上渡轮神风丸，前往鸟羽。不少人前来给安夫送行，其中也有初江，但没见到照吉的身影。来给新治送行的只有他的母亲和弟弟宏。

初江没有瞧新治一眼。到船即将起航的时候，初江贴在母亲的耳边不知说了什么，并且把一个小纸包交给母亲。母亲立即把小纸包交给儿子。

上船以后，因为船长和安夫在场，新治无法打开纸包。

他望着远去的歌岛。此时此刻，他深切地感受到生于此岛、长于此岛、无比热爱此岛的一个年轻人离开岛时的悲切眷恋的心情。他之所以接受船长的要求，其实也因为自己有想离开这个小岛的愿望。

等到看不见岛的影子的时候，年轻人的心情平静下来。与每天出海捕鱼不同，今天晚上可以不用回家。他在心底呼喊着：我自由了。他第一次知道，原来还有这种类型的奇妙的自由。

神风丸在霏霏细雨中行驶。船长和安夫躺在船舱昏暗的榻榻米上入睡了。上船以后，安夫还没有和新治说过话。

年轻人把头靠在雨水滴答的圆窗旁，借着外光，看看初江的小纸包里都有些什么。里面有八代神社的护身符、初江的照片和她的信。信是这么写的：

今后我每天都去八代神社参拜，祈祷新治平安无事。我的心是属于你的。请你保重身体，健康回来。送给你一张我的照片，伴随着你一起出海。这是我在大王崎拍的照片。——这件事，爸爸对我什么也没说，但是他特地让你和安夫都上这条船，肯定是有什么考虑。我感觉看到了一点希望。你不要舍弃这个希望，努力工作吧。

这封信给年轻人增添了勇气，感觉浑身是劲儿，体内洋溢着人生价值的喜悦。安夫还在熟睡。新治利用船窗的亮光端详少女倚在大王崎的一棵大松树上的照片。海风把少女的下摆掀翻上去。去年夏天，少女也是穿着这一件白色的连衣裙，海风吹拂下摆，裹着她的肌肤。他想起自己也曾做过一次海风做过的事情，于是全身充满了力量。

新治舍不得把照片收起来，一直端详着。他把照片立在圆窗的一角，烟雨迷蒙的答志岛从照片背后的左端缓缓地移动。……年轻人的心再次失去了宁静，希望让心灵痛苦，这种不可思议的爱恋对于他来说，已经不是新鲜的东西。

抵达鸟羽的时候，雨停了。云开雾散，微略发暗的银色的阳光透过云层的缝隙洒落下来。

停泊在鸟羽港的船只，大多是小渔船，一百八十五吨的歌岛丸在这里格外显眼。三个人走到雨后阳光照耀的甲板上。雨珠从涂着白漆的桅杆上闪耀着滴落下来。威风凛凛的吊车在船舱上弯曲着吊臂。

船员们还没有归来。船长把两个人带到舱室，就在船长室的旁边，这是一个约莫八叠榻榻米大小的房间，下面是厨房和餐厅。除了堆放杂物的地方和中间铺有薄薄草席的木板地之外，右面放着两张上下铺单人床，左面放着一张上下铺单人床和轮机长的床铺。天花板上贴着两三张女演员的照片，像护身符一样。

新治和安夫的床铺分配在右面靠前面的上下铺上。这个房间里，除轮机长外，还有大副、二副、水手长、水手和机匠，因为总有一两个人轮流值班，所以床铺的数量足够了。

接着，船长带他们去船桥、船长室、船舱、餐厅等熟悉了一下环境，然后吩咐他们就在舱室里休息，等待其他船员回来，自己就走开了。两个人留在舱室里，面面相觑。安夫心中有愧，表现出和好的态度。

"终于就剩下我们两人了，虽然在岛上发生过各种事情，但以后我们还是好好相处吧。"

"嗯。"

新治只是简单回应了一个字，微微一笑。

——将近傍晚的时候，船员们都回来了。几乎都是歌岛人，与新治、安夫都认识。他们仍然满嘴酒气，便开始戏弄新来的两个人，然后告诉他们每天该做的工作和各种各样的任务。

明天早晨九点起航。分配给新治的任务是在明早天刚蒙蒙亮的时候把桅杆上的停泊灯取下来。停泊灯就像陆地人家的挡雨板，灯光熄灭就意味着人已起床。新治几乎一夜没睡，天还没亮就起床，天色刚一发白就出去取灯。晨光裹着雾雨，港口的两排街灯一直通往鸟羽火车站，车站那边传来货运列车粗犷的汽笛声。

年轻人爬上风帆已经收起的光秃秃的桅杆。湿漉漉的桅杆透着冰冷，荡漾的波浪舐着船底，船身轻轻的摇晃传递到桅杆上，桅杆也在微微晃动。停泊灯是沁入雾雨中的第一缕晨光，浸润着乳白色。年轻人向着吊钩伸出一只手，停泊灯像是不愿意被摘取下来一样，大幅度地摇摆，在雨水濡湿的玻璃罩里面闪烁着亮光，雨水滴落在年轻人仰起的脸膛上。

新治心想，下一次自己将在哪一个港口摘取停泊灯呢？

歌岛丸是包租给山川运送会社的货运船，它把木料运到冲绳，然后回到神户港，往返大约一个半月。船通过纪伊海峡，中途停靠神户，再经过濑户内海西行，在门司接受海关的检疫。然后沿着九州东岸南下，在宫崎县日南港领取出港执照。日南港设有海关办事处。

九州南端大隅半岛的东侧，有一个名叫志布志湾的海湾。面临这个海湾的是福岛港，它位于宫崎县的尽头，这里的火车开往下一站时，要越过与鹿儿岛县的交界线。歌岛丸在福岛港从事货物装卸的业务，能够运载一千四百石[1]的木料。

---

1. 石，日本船只的装载量，或衡量木材实际体积的单位，一石约为零点二七八立方米。

离开福岛以后，歌岛丸就和外航船[1]一样了，再行驶两昼夜或者两个半昼夜才能到达冲绳。

……没有装卸任务或闲暇的时候，船员们无所事事，一般都躺在舱室中间铺有三叠榻榻米大小的薄草席上休息，听听手提式唱机的唱片。唱片只有几张，磨损得相当厉害，唱针也已经生锈，放出来的都是沙哑变形的声音。歌曲大概都是海港、水手、雾、回忆女人、南十字星、酒、叹息这些咏叹调的内容。轮机长唱歌五音不全，本打算每次航海学会一首歌，却总是记不住，到下一次航海就忘得一干二净。当船只突然摇晃的时候，唱针就倾斜地碰到唱盘，造成损伤。

到了晚上，就是漫无边际随心所欲的议论，诸如"关于爱情与友情""关于恋爱与结婚""有没有与生理盐水一样剂量的葡萄糖"等话题。大约进行十分钟的讨论，最后总是固执地坚持己见的人获胜。不过，在岛上的青年会当过会长的安夫发言条理清晰，受到前辈们的敬佩。

---

1. 外航船，在国外航线航行的商船。

新治呢，一般都是抱膝而坐，微笑着倾听别人的意见，默不作声。有一次，轮机长对船长说，那家伙肯定是个笨蛋。

船上的生活紧张忙碌，一起床就要打扫甲板，还有各种各样的杂事，这些事情都推给新手来做。安夫的偷懒逐渐显露出来，大家都看不下去了。他的态度是只要完成自己本职工作就行了。

新治很关照安夫，帮他干活，所以安夫的态度没有很快被大家发现。但有一次安夫假装上厕所，实际上却躲在舱室里休息，水手长发现后，十分冒火，大发脾气。而安夫反唇相讥，顶嘴道："回到岛上，我就是照大爷的女婿，这条船就是我的啰。"

水手长心里怒不可遏，但担心将来的事态万一果真如此，就不好办了，于是强咽下这口气，不再当面叱骂安夫，却把这个桀骜不驯的新手所说的话悄悄地告诉同事。这样做的结果反而对安夫不利。

新治每天忙得不可开交，也只有在睡觉之前或者值班的时候，才能够偷偷看几眼初江的照片。这张照片没有给别人看过。那一天，当安夫自吹自擂自己就是照吉家的女婿以后，新治罕见地想了一个周全的方法对他进行报复。他当时就问安夫："你有初江的照片吗？"

"啊，有啊。"

安夫当即回答。新治当然知道他在撒谎。新治感觉到满心的幸福。过了一会儿，安夫若无其事地问道："你也有吧？"

"什么啊？"

"初江的照片啊。"

"嗯，没有。"

这大概是新治生来第一次撒谎。

歌岛丸抵达那霸，经过海关检疫后，进港卸货。船不得不在这里停两三天，因为要去运天港装废铁后回内地，但运天是不对外开放的港口，需要等待批准才能进港。运天在冲绳的北端，是战时美军第一个登陆的地点。

普通的船员不允许上岸，只好每天在甲板上眺望着岛上光秃秃的荒山。当年冲绳岛上的美国驻军害怕山上残留着没有爆炸的炸弹，就把山上的树木全部烧毁了。

朝鲜战争虽然已经结束，岛上却还是这种异样的景象。战斗机训练的轰鸣声一整天都震耳欲聋，在亚热带夏日阳光的强烈照射下，海港沿线的宽阔混凝土公路上奔跑着无数的汽车，有小轿车、卡车、军车。公路两旁赶建出来的美军住宅散发着鲜亮的沥青的光泽。民房都被摧残殆尽，修修补补的洋铁皮屋顶在风景中描绘出斑驳的丑陋。

只有大副一个人被允许上岸，他是到山川运送会社的承包会社叫代理人去的。

前往运天港的申请终于获批。歌岛丸进入运天港，装载废铁完毕。这时，天气预报说台风将袭击冲绳。为了尽快逃离台风的半径圈，歌岛丸决定尽快起航，于是一大早就离开了港口。接下来只要一个劲儿地向内地航行就行了。

早晨，下起了小雨。开始起浪了，刮的是西南风。

身后的荒山很快就看不见了，歌岛丸前面的视野极其狭窄，只能依靠指南针航行，走了六个小时。晴雨表的度数迅速下降，波浪越来越高，气压下降到这个程度显然不正常。

船长决定返回运天。雨被风撕碎成粉状，视野几乎为零，返回运天港的六个小时极其艰难。终于看见运天的山岭了，对这一带地形熟悉的水手长站在船头观察航路。港口的周边围绕着两英里的珊瑚礁，没有设置浮标的标记，要穿过这样的缝隙，航路异常困难。

"停止……前进……停止……前进！"

歌岛丸走走停停，放慢速度，好不容易穿过珊瑚礁的狭缝。这时是下午六点。

珊瑚礁内面有一艘钓鲣鱼的船在避风，歌岛丸将几根缆绳系在这艘船上，挂住自己的船舷，终于进入了运天港。港内的波浪不是很高，但风势越来越猛烈。歌岛丸与钓鲣鱼船的船舷并排在一起，从各自的船头将两根缆绳和两根钢索系在港内约三叠榻榻米大小的浮标上，以此避免风灾。

歌岛丸没有无线电设备，航海只能依靠指南针。钓鲣鱼船的无线电报务员便将有关台风的走向、方向等信息逐一向歌岛丸的船桥通报。

入夜后，钓鲣鱼船派出四人在甲板上观察，歌岛丸也派出三人，谁也无法保证缆绳、钢缆会不会被台风刮断。

甚至能不能保得住浮标也令人不安。但是，最大的担心还是害怕缆绳会断掉。在甲板上观察的人，要一边与风浪搏斗，一边冒着危险，多次用盐水浸湿缆绳。因为缆绳如果干了就容易断裂。

晚上九点，两艘船开始经受风速每秒二十五米的台风的肆虐。

新治、安夫和另一个年轻的水手从晚上十一点开始值班。三个人跌跌撞撞地扶着墙壁爬上甲板。飞沫像针尖一样扎在脸上。

在甲板上站立不起来。倾斜的甲板如同墙壁直立着堵在他们的面前，船上各个部分都发出嘎吱嘎吱的声音。翻卷的波涛虽然没有横扫甲板，但狂风卷起浪花飞沫形成旋转的浓雾，遮挡了整个视野。三个人好不容易爬到船头，抱住桩子。桩子上有两根缆绳和两根钢索系在浮标上。

三更半夜，二十米外的浮标模模糊糊，只能在一片黑暗中看见一个白色的东西，大致确定它的位置。而且随着狂风巨大的呼啸撞击，整条船被高高地掀起，钢缆发出悲鸣般的尖叫声，浮标也随之被抛入黑暗的底层，变远变小。

三个人紧紧抓着桩子，互相看着对方的脸，相对无言。海水冲上来，泼在脸上，眼睛几乎睁不开。狂风的嘶叫和大海的呐喊反而给予笼罩着三个人的无底暗夜一种狂暴的宁静。

他们的任务就是观察缆绳。缆绳和钢缆绷得很紧，将浮标和歌岛丸连接在一起。狂乱的暴风摇晃着整个世界，而唯有缆绳的安全是最后的底线。他们目不转睛地观察、注视着缆绳，从这种聚精会神中产生了一种坚定。

有时候风瞬间停息下来，这反而让三个人胆战心惊；紧接着大片的狂风又猛扑过来，帆桁不断地颤动，以巨大的声响将空气推出去。

三个人默默地守护着缆绳。缆绳在风声中断断续续地发出尖锐锋利的嘎吱声。

"快看这个！"

安夫尖叫起来。钢缆的嘎吱声有点异常，卷绕在桩子上的钢缆开始错位。三个人看着桩子上发生的这微小的不祥的变化。这时，一根钢缆在黑暗中弹跳起来，像鞭子一样闪着光，撞击在桩子上，发出尖利的金属声。

这个瞬间，三个人都趴在甲板上，避免断裂的钢缆砸在自己身上。如果砸在身上，肯定皮开肉绽。钢缆就像半死不死的活物，在黑暗的甲板上尖叫着蹦跳，画着半圆形，最后才安静下来。

三个人看到这种状况，吓得脸色苍白。维系船只稳定的四根缆索断了一根，剩下的一根钢缆和两根缆绳随时都有可能断裂。

"向船长报告吧！"

安夫说罢，离开桩子。他一路上抓住东西，好几次被刮到地上，爬到船桥，向船长做了汇报。大块头的船长沉着冷静。至少表面上是这样。

"是吗？看来该使用安全索了。台风会在凌晨一点左右达到高峰，现在使用安全索，应该万无一失。让谁游泳到浮标，把安全索系在浮标上。"

船长把船桥的工作交给二副，自己和大副一起将安全索和新的细绳像耗子拉年糕那样跌跌撞撞地一点点从船桥拉到船头。

新治和水手用探寻的目光看着船长。

船长弯着腰大声说道："有没有人把这条安全索系到浮标上？"

风声的狂吼遮掩了四个人的沉默。

船长又叫喊道："没有人吗？全是窝囊废！"

安夫嘴唇颤抖，缩头缩尾。新治微笑起来，在黑暗中露出一口洁白整齐的牙齿，他用明亮开朗的声音叫起来："我来！"

"好，你来吧！"

新治站起来。年轻人为自己刚才蜷曲着身子感到羞耻。狂风从黑夜的深处正面对着身体袭击而来，他紧紧地踩牢在甲板上。而摇晃的甲板对于已经习惯于在恶劣天气里打鱼的他来说，不过是多少有点心情不好的大地而已。

他侧耳倾听。台风在他的英勇的头顶上呼啸。不论是大自然安详的午睡，还是如此狂暴的筵席，他都有资格受到邀请。雨衣里汗水淋漓，后背和前胸都已经湿透，他把雨衣脱下来扔掉。只穿着圆领白衬衫，光着脚丫，狂风之夜的黑暗中浮现出年轻人的英姿。

船长指挥四个人将安全索的一头系在桩子上，另一头与细绳系在一起。由于风太大，作业进展得很慢。

　　系好以后，船长把细绳的一头交给新治，在他耳边大声说道："把细绳捆在身子上游过去！然后在浮标上把安全索捯过去，系在浮标上。"

　　新治把细绳在裤子皮带上绕了两圈捆住，站在船头，俯视着大海。狂风吹起的波浪撞击在船头，飞溅起的浪花下面，隐身着翻卷的黢黑的波涛。它反复着毫无规则的运动，隐藏着恣心所欲的支离破碎的危险。看似翻腾着逼近眼前，却又钻进深不见底的漩涡深渊。

　　此时此刻，新治的心头掠过挂在舱室的上衣内兜里的初江的照片。但是，这种无谓的想念被风撕得粉碎。他使劲一蹬甲板，纵身跳进海里。

　　距离浮标只有二十米，但是，对自己无人可比的臂力的自信，可以绕着歌岛游五圈的游泳本领，都无法保证就能顺利游过这二十米的距离。一种可怕的力量制约着年轻人的臂力。他想划动手臂，却有一根无形的棍棒阻挡着他。他的身体不由自主地漂荡，他的力量本想和波浪抗衡搏斗，两条腿却像被油脂糊住一样白费力气。

他相信已经到了伸手就能接触到浮标的地方，可是从浪头里钻出来一看，浮标还在原来那么远的地方。

年轻人使出浑身力气往前游。巨大的波涛一点点忽进忽退，开辟出一条道路，就像牢固的岩盘被凿岩机凿穿了一样。

当年轻人的手接触到浮标的时候，手一滑又被推了回来。这次幸好有一股波浪把他推了过去，他的胸口几乎碰到浮标上，于是他借助这股波浪，一鼓作气爬上了浮标。新治深吸一口气，风堵在他的鼻孔。这个瞬间，他以为会窒息过去，甚至忘记了自己必须完成的任务。

浮标听任大海的波动，波浪不停地冲刷它的大半个身子，呼啦啦奔涌上来，再哗啦啦泻落下去。新治趴下身子，不让自己被强风刮走，解开身上的细绳。湿漉漉的绳结很难解开。

新治拽着解开的细绳。这时他才往船上看过去。只见四个人一动不动地站在船头的桩子旁边。钓鲣鱼船上的值班员也注视着这边。只有二十米，却感觉那么远。系在一起的两艘船只的黑影在巨浪中同时高高升起，又低低落下。

细绳受到的风的阻力比较小，把细绳捯过来时比较顺畅。但是，很快它前头的重量不断增加，新治开始使劲捯着直径十二厘米的安全索，差一点栽倒在海里。

安全索受风的阻力比较大，他好不容易才抓住一头，结实的大手几乎握不住绳子。

新治使不上劲，他的脚想用力踩住浮标，但是在大风中根本站不住。如果弄不好被安全索拖过去，就会掉入海里。他湿漉漉的身体热气生涨，脸颊发烫，太阳穴剧烈地跳动。

在安全索绕过浮标一圈以后，作业终于可以顺利进行了。因为粗大的安全索可以作为一个支点，新治甚至可以倚靠在上面。

他把安全索在浮标上绕了两圈，万无一失地打好结，然后举手告诉船上的人们，已经成功完成任务。

他清楚地看见船上的四个人向他挥手。年轻人忘记了疲劳，爽朗的本性开始复苏，衰退的力气重新涌现出来。他面对狂风，深吸一口气，跳进海里往回游。

人们从甲板上抛下绳子，把他拖了上去。船长的大手掌拍着年轻人的肩膀。男子汉的意志支撑着他，使他没有因为疲劳昏迷过去。

船长命令安夫把新治扶到舱室里休息。没有值班的船员们给新治擦拭了身体。一躺进被窝，年轻人立即沉沉睡了过去，不管外面是什么样的狂风暴雨，都无法干扰年轻人的酣睡。

……第二天早晨，新治醒来的时候，耀眼的阳光正洒在他的枕边。

他透过床铺旁边的圆窗，眺望着台风过后晴朗明媚的蓝天和亚热带阳光照耀下的秃山的景色，以及恢复了平静的大海的光芒。

第十五章

歌岛丸比预定日期晚几天回到了神户港。船长、新治和安夫回到岛上的时候，已经错过了八月中旬的阴历盂兰盆节，如果按时回来，那是可以参加的。在渡船神风丸的甲板上，三个人听到一条有关歌岛的新闻。说是盂兰盆节的前四五天，一只大海龟爬上古里海滨。海龟立即被人宰杀，海龟蛋装了整整一水桶，每个蛋卖两日元。

　　新治去八代神社参拜还愿后，马上被十吉叫去，请他吃饭。新治本来不会喝酒，结果被灌了几杯。

　　第三天开始，新治又乘坐十吉的渔船出海捕鱼。新治对这次出海的事情只字未提，但是十吉已经从船长那里都听到了。

　　"听说你这次立功了。"

　　"哪里……"

年轻人有点脸红，不过他没有详谈。如果不了解他的人品性格，还以为这一个半月他钻在哪里睡大觉呢。

过了片刻，十吉不动声色地问道："照大爷那边没说什么话吗？"

"嗯。"

"是吗？"

谁也没有提初江这个名字，但是新治并没有感觉到多大的寂寞，在狂涛巨浪中剧烈颠簸的船上，劳动让他有一种亲切的感觉，浸透进心底。劳动是一件最合身的衣服，紧贴着他的身体和心灵，根本没有给其他烦恼乘虚而入的空隙。

他有一种不可思议的自我满足感。傍晚在海面上航行的白色货轮的船影与他先前看过的全然不同，却给予新治一种全新的感动。

新治心想：我知道那条船驶向何处，船上的生活、海员的艰辛，我都知道。

至少那艘白色的货轮失去了未知的影子。然而，比未知更能激动人心的是晚夏傍晚冒着长长的云烟远去的那艘白色货轮的船影。年轻人的手掌回忆起以浑身气力拉过来的那根安全索的重量。新治曾一度用自己坚实的大手触摸过那远眺的"未知"。他感觉自己也可以触摸海面上的白色轮船。他怀着一颗童心，对着暮云暗影相当浓郁的东边海面，举起骨节凸起的五根粗壮的手指搭起凉棚眺望。

——暑假已经过半，但是千代子没有回来。灯塔长夫妇一心盼望着女儿回来，也曾写信催促，但没有回信，又写信，终于过了十天才收到回信。信上没有说什么原因，只告诉父母亲说今年暑假不回家了。

母亲最后使出哭求的手段，写了十张信纸的长信，用快递的方式寄出去，诉说衷情，恳求女儿回来。到了暑假快结束的时候，才收到女儿的回信，那时距新治回到歌岛已经过了七天。女儿回信的内容出乎意外，让母亲大惊失色。

千代子在信中坦承，暴风雨那一天，她看见新治和初江亲热地从石阶上走下来，就把这件事告诉了安夫，搬弄是非，结果让他们两个人陷入痛苦的处境。这种罪愆在折磨着自己。只要新治和初江两人得不到幸福，她就没脸回来。所以，希望母亲出面做媒，说服照吉，让他们两人结合，只有满足这个条件，她才能回到岛上来。

善良的母亲看了这封悲剧性的求情信，不禁担心害怕，如果自己不采取妥当的措施，女儿就会一直受到良心的谴责，说不定会因此走上绝路。灯塔长太太看过很多书，知道年轻的姑娘心灵敏感，往往会因为一些微不足道的事情而想不开。

灯塔长太太决定不让丈夫看这封信，一切都由自己尽快处理，一定要让女儿早日回到岛上。她换上出门访客的白麻套装，当年到学生家长家里解决难题的教师风貌气概重新焕发出来。

她进入村子，路旁的家家户户都在门前铺摊草席，晒着芝麻、红小豆、大豆等。青青的小粒芝麻沐浴着夏末的阳光，在色泽鲜亮的粗纹草席上，映照出一粒粒可爱的纺锤形的影子。从这里看过去，今天的海面轻波荡漾。

太太的白色凉鞋踏在村落大道的混凝土台阶上，发出清脆的声音。她听见欢快的笑声和拍打湿漉漉的东西所发出的富有弹性的声音。

原来是六七个身穿连衣裙的女人在路边的小河旁洗

衣服。旧历盂兰盆节过后，海女们偶尔去采摘黑海带，平时多有闲暇，于是就集中洗涮积攒下来的脏衣服，新治的母亲也在其中。几乎所有人都不用肥皂，把衣服平铺在石头上用双脚踩踏。

"哎哟，太太，今天去哪儿呢？"

女人们向她打招呼，表示礼貌。她们把连衣裙别上去，露出黑腿，影子在河水里映照摇荡。

"去宫田照吉先生家里拜访。"

夫人这样回答以后，也没有和新治的母亲说话，可是还是觉得一声招呼都不打就去和人商量她儿子的婚事也不好。于是她从石路绕回到通往河边的、长着青苔的光滑石阶。穿着凉鞋难以行走，她只好背对小河，手扶着石阶一步一步慢慢往下爬，还不时回头看看小河。一个妇女站在小河的正当中，伸手帮助她下来。

下到河边，太太脱下凉鞋，她本来就没有穿袜子，开始涉水过河。

河对岸的女人们都惊讶地看着太太的冒险行为。

太太抓住新治的母亲，在她的耳边说悄悄话，不过她的声音大得周围的人都能听得见。

“其实嘛，在这个地方说话不方便，可是，新治和初江后来怎么样了？”

出其不意的打听，让新治的母亲惊讶得瞪圆了眼睛。

“新治喜欢初江吧？”

“嗯，啊……”

“可是，照吉先生还是加以阻拦吧？”

“嗯，啊……所以很苦恼……”

“初江什么态度？”

其他的海女都听见了这悄悄话，于是围拢过来。一说到初江的事情，自从那个行商举行的比赛会以后，大家都成为初江的朋友，也听到初江对大家说的心里话，所以她们异口同声地表示反对照吉的做法。

“初江也爱恋新治，太太，这可是真的。可是，照大爷打算把那个没出息的安夫招进门做女婿，有这么傻的吗？”

“所以嘛……”太太拿出在学校讲台上讲课的语气说道，“我在东京的女儿来了信，威胁我，一定要我促成这两个人结合。所以现在我去照吉先生那儿，想和他好好谈谈，但是，我也要先听听新治母亲的想法。”

新治的母亲拿起正在踩踏的儿子的睡衣，一边慢慢拧干一边思考，然后对着太太深深低头表示感谢，说道："那就拜托您了。"

其他的海女出于侠义之心，就像河边的水鸟一样叽叽喳喳地商量了一番，认为人多势众，她们要代表村里的女人和太太一起去，给照吉施加压力。太太也觉得这个方法不错，于是，除了新治的母亲以外，其他五个海女都连忙拧干衣服，先送回家，然后到照吉家的拐角处与太太会合。

灯塔长太太站在宫田家昏暗的土间。

"有人吗？"

她的声音依然清脆，富有张力。没人回应。五个黢黑的海女站在门外，闪耀着充满热情的目光，伸出仙人掌一般的脸膛向土间张望。太太又喊了一遍，声音在空荡荡的房间里回响。

一会儿，楼梯声响，穿着浴衣的照吉走了下来。看来初江不在家。

照吉笔直地站在门口低声说道："噢，原来是灯塔长夫人。"

照吉没有显示出友好的态度，倒竖起一头狮子鬃毛般的白发，一般客人见到这个样子，都会知难而退。太太虽然也有点心虚，但还是鼓起勇气说道："有点事想和您谈一谈。"

"是吗？那请进吧。"

照吉转身快步上楼，太太跟在他后面，其他五个人也轻声随后走上楼梯。

照吉把灯塔长太太请进二楼的客厅，自己则坐在壁龛的立柱前面，进入房间的客人增加到六个，他似乎也没有表现出惊讶的样子。他对来客视而不见，只是看着敞开的窗户，手里摆弄着画有鸟羽药房广告的美女画团扇。

从窗户看出去，歌岛港就在下面，堤坝边只停泊着一艘合作社的船只。远处的伊势海上空聚集着夏日的白云。

外面的光线过于明亮，显得室内有点昏暗。壁龛里挂着两代之前的祖先三重县知事的墨迹，还有利用盘根错节的树根雕刻的一对公鸡和母鸡，尾巴和鸡冠直接活用了分散开来的细枝，闪耀着树脂的光泽。

灯塔长太太坐在没有铺桌布的紫檀桌一边。五个海女坐在入口的帘子前面，围成四角，仿佛是举办连衣裙的展览会，没有了刚才的气势。

照吉依然看着别处，一声不吭。

夏天午后的闷热沉默显得压抑，房间里只有几只到处飞翔的大绿豆蝇，嗡嗡叫的声音占有了这种沉默。

灯塔长太太擦了几遍汗水，终于开口说道："嗯……我想说的，就是您家的初江与久保家的新治的事情……"

照吉依然看着别处，过了好大一会儿，才抛出一句："是初江和新治吗？"

"嗯。"

照吉这才把脸转过来，面无笑容，说道："这件事，已经决定了，新治是初江的夫婿。"

海女们像决堤的洪水一样，兴奋地大声喧嚷起来。照吉对她们的情绪无动于衷，继续说道："不过，两个人都还年轻，我想现在让他们先订婚，等新治成人以后再正式举办婚礼。我听说新治的母亲生活并不富裕，我可以照顾他的母亲和他的弟弟，这个可以商量一下，每个月给他们一定的资助。我的这个想法对谁也没有说过。"

"起先我也生气过，想把他们拆散，可是这样一来，

215

初江就跟丧魂落魄一样，所以我觉得这可不行。于是想出一个办法，让新治和安夫都到我的船上来当船员，委托船长考验一下他们，看哪一个更有培养前途。我让船长把我的这个秘密透露给十吉，不过十吉大概对新治什么都没有说。噢，事情就是这样，船长非常喜欢新治，他说这样的好女婿打着灯笼都找不到。新治在冲绳立了大功，我也就改变了想法，决定招他进门为婿。这就是全部过程……"

接着，照吉加重语气说道："男人凭魄力。有魄力，就是好样的。歌岛的男人，没有魄力不行。至于门第、财产，那在其次。难道不是这样吗？夫人。新治有魄力。"

第十六章

新治现在可以公开到宫田家的大门了。一天晚上，他打鱼归来，换上清爽的开襟白衬衫和裤子，双手各提着一条大鲷鱼来到宫田家的门口呼唤初江。

初江早已做好准备，等待着他的到来。他们约定今天要去八代神社和灯塔，报告订婚的喜讯并表示感谢。

傍晚昏黑的土间顿时明亮起来。初江走出来，穿着上一次在老行商那里买的印染有大朵牵牛花纹饰的白地单衣，因为是白地，在夜晚感觉也很鲜艳。

新治一只手扶在门边等着她，见初江一出来，急忙低下头用穿着木屐的一只脚在驱赶着什么，嘟囔道："蚊子真多啊。"

"是啊。"

两人走上八代神社的石阶。一口气跑上去本来是轻而易举的事，但他们非常心满意足，要一级一级地细细品味满足的心情。登到一百级的时候，两人似乎感觉这样攀登有点可惜，想牵着手一起攀登，但是新治手里提着两条鲷鱼。

　　大自然也对他们垂恩赐福。当他们攀登到顶的时候，回头眺望伊势海，只见夜空星光璀璨，要说云彩的话，只有在知多半岛那一角，云层低横，时常有听不见雷声的闪电划破黑暗。大海的喧嚣也不激烈。那是大海在有规律的、健康的、宁静的睡眠中的呼吸。

　　穿过松林，来到朴质的八代神社参拜。年轻人为自己强有力、响亮的击掌声感到自豪，于是又使劲再击了一次掌。初江低着头默默祈祷。白地单衣的领子里露出的脖颈，并不显得格外白皙，但是它比任何洁白的脖颈都更吸引新治的心灵。

　　神灵赐给自己一切，让自己如愿以偿，年轻人的内心再一次回味着幸福的感情。他们长久地祈祷着。他们从来没有怀疑过神灵，所以感觉得到了神灵的保佑。

　　社务所里灯火通明。新治打声招呼，窗口打开，神官探出了脑袋。新治说明来意，大概表达得不是很清楚，神官没有理解两人的意思。好不容易让对方明白自己的用意后，新治把鲷鱼递上去，让对方供奉在神前，向神灵致谢。神官接过这尾背鳍宽厚的大鲷鱼，想到不久就要亲自给他们举办婚礼，便送上衷心的祝福。

两人从神社后面登上松林小路，在这里享受到夜间的凉爽。夜色已深，却还有日本螗蝉在鸣叫。通往灯塔的山路相当险峻，新治空出了一只手，便牵着初江的手。

"我呢……"新治说道，"想去参加考试，拿到海员技术执照，将来成为大副。满二十岁就可以考执照。"

"太好了。"

"拿到执照以后，咱们举办婚礼，好吧？"

初江没有回答，腼腆地笑了。

拐过女人坂，走近灯塔长官舍，年轻人像平时那样，对着映照出正在忙碌准备晚饭的太太身影的玻璃窗打了声招呼。

太太开门，看见站在昏黑里的年轻人和他的未婚妻。

"哎呀，你们一起来了。"

新治递给她大鲷鱼，太太用双手好不容易接过去，高声对屋里说道："孩子她爹，新治送了条大鱼来了。"

慵懒的灯塔长坐在里间，也没站起来，叫喊道："每次都这样，太感谢啦。这回要祝贺你了。进来吧。快进来吧。"

"快进去吧。"太太也在旁边说，"明天千代子也要回来。"

年轻人对自己给予千代子的感动以及各种心灵的困惑一无所知，所以听了太太这一句突如其来的话，没有更多的想法。

灯塔长夫妇很热情，非要留他们吃完饭不可。待了差不多一个小时，当他们要告辞时，灯塔长提议带他们参观一下灯塔。初江回到岛上的时间不长，还没有看过灯塔的内部。

灯塔长带着两人先去看了值班室。

从官舍经过昨天刚刚播下萝卜种子的一小块地，登上混凝土的石阶就到了。灯塔建在山的高处，值班室濒临着悬崖。

灯塔的亮光面对值班室悬崖的一侧形成雾状的光柱，从右往左横向移动着。灯塔长开门先走进去，打开灯，清晰地照见了挂在窗户柱子上的大三角板、整理得井井有条的桌子、桌子上的船舶往来报表、三脚架上对着窗户的望远镜等。

灯塔长打开窗户，亲自将望远镜调整到初江的身高高度。

"啊，真美！"

初江用白地单衣擦着望远镜的镜头，看了一遍又一遍，兴奋地叫起来。

新治以他极好的视力为初江所指方向的灯光进行说明。初江的眼睛一直不离开望远镜，指着东南面海上星星点点的数十盏灯光。

"那个吗？那是机船底拖网捕鱼的灯光，全都是爱知县的船哦。"

海上的每一盏灯光与天上的每一颗星星似乎一一遥相呼应。眼前是伊良湖崎灯塔的灯光。它的背后是稀稀落落的伊良湖崎町的灯光，左面隐约可见篠岛的灯光。

从这里可以看到左侧知多半岛的野间崎的灯塔，右侧是丰滨町的一片灯光。中间的红色灯光是丰滨港堤坝一带。右侧的前方闪烁着大山顶上的航空塔的灯光。

初江再次惊叫起来，一艘巨轮进入了望远镜的视野。

望远镜里的映像非常清晰精确，这是肉眼无法看到的极其美妙的映像。当巨轮从镜片视野里慢慢驶过的时候，年轻人和他的未婚妻互让着轮流观看。

好像是一艘两三千吨的客货轮。供乘客散步的甲板内侧摆放着几张铺有白色桌布的桌子，几把椅子，都清晰可见。甲板上没有人。

能看见好像是餐厅的房间里刷着白漆的墙壁和窗户，一个身穿白色衣服的侍者突然从窗子前面走过去……

不大一会儿，这艘闪亮着绿色前灯和后桅杆灯的巨轮，从望远镜的视野里消失了，通过伊良湖海峡向太平洋方向驶去。

灯塔长领着他们进入灯塔里面。一楼是发电机房，放着注油器、煤油灯、油桶等东西，充满汽油味，发电机发出隆隆的声音。沿着窄小的旋梯走上去，顶上是孤零零的圆形小屋，静静地安放着灯塔的光源。

两个人通过窗户，看见茫茫的灯光从右往左地在黑暗中波涛喧嚣的伊良湖海峡横扫过去。

灯塔长灵机一动，把两个人留在上面，自己先下去。

圆屋顶的小房间，四周是磨得锃亮的木墙。黄铜的部件闪闪发光，五百瓦光源的周围是将其扩大到六万五千烛光的聚光透镜，保持着连续闪烁白光的速度慢慢地旋转。透镜的影子在四周的木墙上旋绕，伴随着明治时代灯塔特有的叮叮叮的旋转声，从脸贴在窗户上的年轻人和他的未婚妻的背部转过去。

两个人脸紧挨着脸，仿佛贴在一起。他们燃烧着热烈的爱情……他们的前面，是无法预测的黑暗，灯塔的亮光有规律地茫然转过，透镜的影子从白色衬衫和白色单衣的后背转过的时候，呈现出扭曲的形状。

此时此刻，新治想到他们虽然经历过许多艰辛，终于在一种道德中获得了自由，神灵无时无刻不在保佑自己，从未离开。就是说，如今笼罩在黑暗之中的这座小岛，始终守护着他们的幸福，实现他们的恋爱……

突然，初江朝着新治笑了一笑，从袖口拿出那一个淡红色的小贝壳，给他看。

"还记得这个吗？"

"记得啊。"

年轻人露出美丽的牙齿微笑起来。接着，他也从自己的衬衫前兜里拿出初江的小照片，给未婚妻看。

　　初江轻轻地抚摸一下自己的照片，还给新治。

　　少女的眼睛流露出自豪。因为自己的照片保护了新治。然而，这时，年轻人扬起了眉毛。他明白能够闯过那次险情，靠的是自己的力量。

　　　　　　　　　　　　　一九五四年四月四日

三岛由纪夫 经典作品

《假面的自白》
《潮骚》
《金阁寺》

后浪微信 | hinabook

筹划出版 | 银杏树下

出版统筹 | 吴兴元 | 编辑统筹 | 周　茜
责任编辑 | 林培秋 | 特约编辑 | 许明珠　袁艺舒
装帧设计 | 墨白空间·陈威伸 | mobai@hinabook.com
后浪微博 | @后浪图书
读者服务 | reader@hinabook.com 188-1142-1266
投稿服务 | onebook@hinabook.com 133-6631-2326
直销服务 | buy@hinabook.com 133-6657-3072

后浪出版咨询 (北京) 有限责任公司
POST WAVE PUBLISHING CONSULTING (BEIJING) CO.,LTD